微風行過我們的髮絲

風よ僕らの前髪を

彌生小夜子

鍾雨璇 譯

目錄

第一章

殘像

1

去年是點綴著陀螺和羽子板的芥黃色和服（註），搭配紗綾形紋樣的名古屋腰帶。前年則是妝點著雪輪圖案的腰帶，銀灰色和紫藤色交融的衣襬上，還綻放著大朵的番紅花。每年在位於目白的飯店舉辦的新年歌會，立原高子阿姨總是精心打扮，一身穿搭優雅不失大膽，表現出早春應景的華美絢麗。

今年她身上卻是一件樸素的黑色連身裙。除了婚戒，沒有配飾，只在領口露出的細頸上，圍著一條紫羅蘭色的絲巾。

「悠紀，你待會方便嗎？」

歌會結束後，高子用拘謹的語氣叫住若林悠紀，於是他沒和其他人一起參加會後的餐敘，而是和高子一同走進目白車站附近的日式傳統料理店。

時間才剛過下午五點，悠紀肚子還不餓。不過高子表示想兩人單獨談談，聲稱她想不出其他有包廂的地方。

兩人被引到一間帶壁龕的日式房間，高子要悠紀坐上座。悠紀半推半就地背朝掛著七福神掛軸、裝飾著南天竹的壁龕坐下。

「大家見到我出席喜氣洋洋的新春歌會，心中必定很錯愕，但我無論如何都需要見你一面。我有一件事想拜託你——是關於恭吾的事。」

高子拿起裝著餐前酒的金盃，一口飲下後，開門見山說出來意。

悠紀在國中時，受到高子的影響而開始創作短歌。升上高中後，在高子的建議下，加入高子所屬的同好會。說不上積極，但悠紀依舊持續至今。

對於在強勢的母親面前，逐漸變得退縮的悠紀而言，宛如女兒節人偶一般溫婉嫣然的高子，在他眼中就像是理想的女性。化著淡妝的臉蛋掃上櫻粉色的腮紅，肌膚便顯得更細緻白皙，自然襯托出染成紅棕色的秀髮。

悠紀後來才驚訝地發現高子年紀比母親大上一輪。將近六十七歲，但高子仍帶著少女般的氛圍。

高子是三姊妹中的長女，家中是江戶時代中期創業的日式點心老店。招贅接手家業的是次女篤子，她靠著人見人愛的笑容和穩紮穩打的經營手腕守護家業，現在也天天在日本橋室町的本店接待客人。

註：原文為附下げ（つけさげ），是出席茶會、發表會等場合時會穿的正裝和服。與同為一般正裝的「訪問着（ほうもんぎ）」相比，圖案較為輕簡，也比較不那麼正式。

與身材豐腴的篤子不同，高子嬌小苗條，而且嗓音輕柔，個性婉約，完全是老派的大家閨秀。高子身爲長女卻外嫁他家，一方面是因爲丈夫立原恭吾對高子一見傾心，對她展開熱切追求；另一方面，想來也是因爲前任當家看出比起高子，篤子更有生意才能。

姊妹中排行第三的妹妹陽子，是悠紀的母親。她討厭鞠躬哈腰，生性無法向人陪笑臉，恐怕比高子更不適合繼承老字號的家業。

然而，正因爲這樣的個性，她才能在嫁入若林家，成爲上市公司第三任社長的續絃妻子，一下子當上三個女孩的母親之後，挺過隨之而來的一切。

母親對公婆直言敢道，面對意見很多的親戚也不卑不亢，並在生下長子悠紀後，確立了無可撼動的地位。父親和同父異母的姊姊們也都很疼愛身爲家中唯一男孩的悠紀。

悠紀就這樣懷抱著些許氣悶的感受，在宛如棉花的環境長大。他既不曾遭遇巨大挫折，擁有的煩惱也不過是一般青少年會有的煩惱。

悠紀以上大學爲契機，搬出橫濱的家，在駒込車站附近的公寓展開獨立生活。當時二姊的兒子有嚴重的聽力障礙，促使他在大學加入手語社團。

能夠俯瞰六義園的一廳一房公寓是由母親出資購買，條件是她可以在櫻花季過來住。每年母親和阿姨們都會三姊妹相約一起欣賞盛開的枝垂櫻。

今年春天的賞櫻聚會，大概會顧慮到服喪中的高子而取消。不過母親說不定會自己一個人來，悠紀一邊尋思，同時縮回原本伸向金盃的手，兩手擱在膝上回問。

「妳是說姨丈的案子嗎？」

高子的丈夫立原恭吾在兩個月前，也就是去年的十一月十日，在遛狗時被人勒死。恭吾養母的威爾士柯基犬，名叫喬治，名字據說來自喬治・桑（註）。牠是恭吾三年前將立原律師事務所交棒給女婿，退下第一線後開始養的狗。自此以來，早晚帶狗散步就成爲恭吾不可或缺的運動。

早上的散步是在早餐之前，恭吾通常都在六點準時出門。不過案發當天，他提早了一個小時，五點就踏出家門。因爲那一天是睽違十幾年的同學會，他原本打算八點出發，參加在有馬溫泉留宿一晚的同學會。儘管照平時的時間遛狗也來得及，不過恭吾生性不喜歡趕時間。

恭吾的屍體在早上六點二十分的時候遭人發現，地點是平常遛狗的公園長椅上。

發現者是四十多歲的男性。他住在附近，每天早晨都會來公園健走，經常和出來遛狗的恭吾擦肩而過，兩人算是點頭之交。

註：Georges Sand，十九世紀的法國著名小說家，本名阿曼蒂娜—露西—奧羅爾・杜班（Amantine-Lucile-Aurore Dupin），喬治桑是她的筆名。

男性作證表示，他目睹恭吾坐在長椅上低垂著頭，覺得不太對勁而出聲拍肩，結果一碰到恭吾，上半身就往旁一歪，脖子露出被類似圍巾的東西勒過的痕跡。沒人會在遛狗時身懷鉅款，外套口袋裡的零錢包和家中鑰匙也安然無恙，因此警方認爲不太可能是強盜殺人。

案發至今過兩個月，警方仍沒抓到犯人，不過他們倒是成功找到在公園亂晃的喬治。

「喬治沒有叫嗎？」

「證詞中沒有提到。說起來牠本就生性溫馴……不論是來訪的客戶，或者是送貨員，牠都不曾向任何人張嘴叫過。」

「發現屍體的男性真的跟案情無關嗎？」

「恭吾的屍體被發現的時候，已經是死後一小時了。那位先生沒有動機，警方也確認過他的不在場證明。」

「公園的監視攝影機有拍到什麼嗎？」

「長椅位在鏡頭的死角，攝影機的監視範圍也不可能涵蓋整座公園，據說並未找到有用的影片。」

「雖然有點難以啓齒，不過阿姨對犯人有頭緒嗎？」

高子垂下睫毛搖搖頭。她撲著櫻粉色的臉頰上浮現陰影，美人尖的髮際隱約可見斑駁白髮。悠紀至今爲止，從未見過這樣的高子。

「他總是替客戶著想。」

恭吾是一位穩健的經營者，也是一名優秀的律師。以民事案件為主力的立原法律事務所規模不大，但生意向來興隆，事務所總有多名律師在籍提供服務。

「我明白，但總是會有人不識好歹，心懷怨恨。」

「如果是懷恨行凶，犯人應該更有計畫性。恭吾通常是在一小時之後的時間出門遛狗。只有那一天，他是在那個時間去遛狗。」

「也就是說，犯人知道那一天有同學會？」

「光靠這樣，就能讓人猜到他會提早一小時出門遛狗嗎？」

「犯人是熟悉家裡情況的人？或是熟悉姨丈個性的人？」

「……說起來就會是這麼一回事。」

「也許犯人一直在監視房子，尋找機會……」

「是呀，警察也詢問過，問我是否曾經在家附近見過可疑人物。」

此時服務生送來下一道料理，端上的湯品是盛著小巧圓形紅白年糕的年糕湯。年糕湯以清甜綿密的白味噌為底，一打開碗蓋，柚子的香氣便隨著熱氣升騰。

「對不起，這種事情，就等待會再說吧。」

接下來兩人聊了一陣子親戚的近況、先前歌會的事情，以及評審老師的嗜好等，自始至終談著無傷大雅的話題。

直到餐點尾聲，點綴鮮綠豌豆的蟹肉飯和浮著細碎豆腐的紅味噌湯端上桌，悠紀沒碰筷子，一等服務生關上拉門就提出疑問。

「所以阿姨想拜託我什麼？」

「眞是的，悠紀，差一點就用完膳了。」

高子輕蹙眉頭，露出苦笑。她抿一口湯，吃一口飯，動筷用餐的動作，優雅得難以想像她和母親在同一個家庭長大。

「悠紀，你覺得這種時候，誰最可疑？」

「——第一個發現屍體的人嗎？」

「不。是我們……家人，尤其是住在一起的家人。也就是說，是我和志史……」

志史被恭吾和高子收養，但他實際上是兩人的孫子。他是夫婦兩人的獨生女，美奈子的親生兒子。

恭吾想招贅事務所內有前途的年輕人，當美奈子的丈夫，但當時還是大學生的美奈子卻暴跳如雷。因爲美奈子有一個年齡相差十一歲，已經互許終身的戀人。

他叫齊木明，是美奈子朋友哥哥的朋友。他是在小劇場活動的劇團成員，外表光鮮，又有粉絲，偶爾也會被選爲主角。不過他終究無法自食其力，而到男公關俱樂部上班，然而他當男公關賺到的大部分收入都花費在打扮，以及劇團的活動費用。

恭吾無法承認這樣的男人做女婿，美奈子就衝出家門，私奔結婚。

志史就是這樣生下來的。

不久，齊木加入的劇團解散了。以男公關而言，年紀稍嫌太大的齊木成了吃軟飯的，全靠美奈子一邊養育孩子，一邊當派遣員工餬口。

齊木沉溺酒精，一喝醉就使用暴力。而且不是針對美奈子，而是針對年幼的志史。據說志史屁股上還有好幾個菸頭燙出的痕跡。

結婚不到六年。美奈子就帶著五歲的志史，逃難似地回到立原家。美奈子已經筋疲力竭，無法和恭吾繼續意氣之爭。

半年後，美奈子就和恭吾事務所內的潛力股——三田忠彥再婚。忠彥的個性溫和誠懇，多年來在恭吾的信任下進出立原家，從小就認識美奈子。

以忠彥的個性，即使是毫無血緣關係的志史，他想必也能付出超乎養父義務的親情。悠紀認爲無法對志史投注愛情的人，說不定反而是美奈子。

志史剛上國中，美奈子就有喜了。

悠紀不知道美奈子和忠彥兩人，與恭吾和高子之間有過什麼討論。他所知道的是，那年夏天起，志史就成爲祖父母的養子，開始在立原家生活。

美奈子生下了三田家的「長子」洸太郎，兩年後生下一個名叫美月的女兒。

志史的心情——想必是悠紀難以揣測的。

悠紀開始比較密切和志史聯繫，是從大學一年級的暑假到三年級結束，為期大約三年。當時志史就讀令學館國中部。令學館是一所歷史悠久的學校，也是悠紀母親陽子的母校，卻入不了恭吾的眼。

與此同時，距離千駄木的立原家約二十分鐘路程的青成學園，則是每年都擁有國立大學最高學府數一數二錄取率的完全中學。由於學校不收轉學生，所以一旦國中錯失機會，就只能拚取高中「少數錄取」的名額。

恭吾很早就決定要讓志史讀青成學園，為此他看中同樣住在文京區，當時是國立大學學生的悠紀，來當志史的家庭教師。這份兼差薪水不低，對悠紀來說沒有拒絕的理由，於是他每週有四天會到立原家教英文和數學。

志史當時給悠紀的印象是一個非常聰明，十分成熟的少年。他很少說話，從不表現出情緒。

他是如此的超然脫俗，以至於悠紀甚至會覺得自己眼前的是虛擬影像，而不是在和一個實體相處。志史黑白分明的眼眸，澄澈得就像是連生物都無法生存的清水。

——他以前是這樣的孩子嗎？

悠紀感受到些許異常。

自從美奈子和齊木離婚，悠紀每年都有幾次機會和志史碰面。此外，母親陽子和高子感情很好，悠紀也會從母親那裡聽到志史的消息。陽子十分掛念有著不幸童年的志史。

美奈子住在三田家，還沒懷孕的時候，志史就讀學區內的一所區立小學。儘管從齊木那裡受到的虐待給他蒙上一層陰影，但當時的志史據說是個聰明伶俐、個性活潑，對大人有點叛逆，介於搗蛋鬼和優等生之間的小孩。

最重要的是，他喜歡鋼琴。

悠紀曾經和陽子一起參加志史的鋼琴演奏會。當時志史還是小學四年級生，演奏的順位卻已經是壓軸的前一位。他彈奏的曲目是貝多芬《悲愴》第三樂章。

志史的手指落到琴鍵上，敲響第一個音符時——那一刻，悠紀渾身起了雞皮疙瘩。優雅剔透的琴音，難以相信是用和其他小孩同一架鋼琴發出的聲音。

那個時期的志史懷抱著當鋼琴家的夢想，像是呼吸一般地彈著鋼琴。

然而，就連他如此熱中的鋼琴，據說也停止了——

志史成功考上青成學園，悠紀變得只會在新年母親老家的親戚聚會上，或是做法事的場合碰到志史，一年都不見得能見上一次面。志史的態度依舊彬彬有禮，然而，他的禮貌就像是一堵拒人於外的厚牆。

現在志史是映陵大學法學院的四年級學生。他沒考上第一志願的國立大學，但聽說他的大考成績優異。之所以在複試失敗——志史的志願校取消了分批招生，所以只能一次定生死——想必是他身體不適，或是有什麼狀況。

志史就是如此優秀。事實上，他三年級時已經通過初試，並在去年通過司法考試。

「不是我做的。」

高子突然說道。

「我沒有殺了恭吾。」

高子一臉認眞。

「我送恭吾出門之後，又回去休息了，只是沒人能證明這一點。」

「志史呢？」

「很遺憾，志史當時不在家。他前一天下午出門前就說，因爲回家時間晚，不用幫他準備晚餐，說不定還可能在外過夜……當然，即使他在家，那時他也在睡覺，而且家人的證詞沒有效力。我之所以說遺憾，不是希望他能證實我的不在場證明，而是因爲我無法確定案發當時，志史究竟是不是在案發現場。」

不知不覺，高子將飯菜一點也不剩地吃完。她擱下筷子，雙手併在膝上，眼睛眨也不眨地注視著悠紀。

「我是在懷疑志史。」

悠紀咬下的淺漬黃瓜，在口中發出清脆聲響。

——十一月十日早上六點多，高子再次醒來時，恭吾和喬治還沒回來。

她在屋裡找了一遍，然後走到庭院，但還是沒有看到人影。

她穿好衣服，懷著忐忑的心情到附近看看。

高子從來沒有帶喬治散步過，也不知道散步路線，但附近有一座不小的公園。高子心想他們一定會經過公園。

公園附近停著許多警車和便衣警車，讓高子一陣不安。當她聽說有位七十多歲的男子被捲入事件，她表示「那個人可能是我丈夫」，然後見到了屍體。當時約七點。

高子因爲打擊過大而貧血，在恭吾遺體所在的醫院躺了一會。後來她才想到要聯絡親人，於是在九點左右聯繫了志史和美奈子。

當高子問志史現在人在哪裡時，他回答了品川車站附近的高級飯店名稱。

「有什麼事嗎？」

他冰冷的聲音讓高子有點畏縮，但她仍然努力解釋情況。默默聽著的志史最後只問了哪家醫院，然後就掛斷電話。住在練馬區石神井的美奈子和忠彥神色大變地趕到醫院時，甚至還比志史早到。志史來的時候已經將近十一點——

服務生端上抹茶和花瓣餅，高子打住了話頭。

「——志史是和女伴在一起，他說他被我打的電話吵醒。根據警方調查，證實志史在九日晚上十點入住，並在第二天早上十點退房。女方也作證志史一直在房間裡。」

「那名女伴是什麼人？」

「她叫島田夕華，是在映陵大學附近一家叫青麥的咖啡店當服務生的女性。」

離映陵大學最近的車站，沒記錯的話，是山手線品川站的前一站或前兩站的車站。

「既然有證人——」

「也許她是爲了保護志史而撒謊？也可能他對她下安眠藥。志史在高中畢業的時候，曾經因爲失眠，請精神科醫生開過安眠藥。」

「警方怎麼說？」

「根據一位來參加葬禮，叫做竹內的刑警所說，如果志史在案發前後要求提供客房服務或出現在前臺，他們反而會懷疑志史是否涉案。不過事實並非如此，光是睡覺太過薄弱，反而具有可信度。」

「我也這麼認爲。」

「警方聯繫計程車公司時，也沒聽說有人載到年輕男子。他們看過飯店電梯、大廳、緊急出口和地下停車場的監視攝影機，志史下榻的十二小時內，也沒拍到志史的身影。」

「那麼不在場證明不是很完美嗎？」

「你眞的這麼認爲嗎？我是不太清楚，但飯店的監視器可能毫無死角嗎？如果貼著死角移動，再搭乘電車呢？我查過了，山手線下行列車的第一班車次是四點三十三分從ＪＲ品川車站發車。只要搭上這班車，就能在五十九分抵達西日暮里站。差一分鐘的話，也有京濱東北線可以搭。從那裡到恭吾被殺的千駄木公園，以他的腳程只要走二十分鐘，跑步的話是十五分鐘，趕得上推定死亡時間的五點半。回去的時候只要混入人群，在運氣配合之下，也不能說不可能吧。」

在悠紀聽來，高子的理論有些牽強，彷彿她想認定志史就是犯人。

「爲什麼妳這麼懷疑志史？」

高子用少女般濕潤的眼眸注視著悠紀，輕輕吐出一口氣。

「你也知道志史的出身來歷吧。恭吾從領養志史的時候，就對志史很嚴格，說因爲他是那種男人的骨肉，走岔一步就會鑄成大錯。」

「就算這麼說……」

「恭吾對志史眞的是嚴厲到令人不忍。就連學校的事，志史說不定其實想繼續讀令學館，然而恭吾毫不考慮他的意願。他並非討厭志史，他只是認爲這是爲了志史好。」

是這樣嗎？志史其實不想讀青成學園嗎？悠紀擔任他的家教將近三年，卻從來沒有問過志史的想法。

「他也強行禁止志史學鋼琴，說會影響課業。志史在恭吾面前跪下，拜託請讓他繼續彈——我只在那時見過這樣的志史。恭吾說只要他考上青成學園，就准許他繼續彈鋼琴。」

「志史心中埋怨著姨丈嗎？」

「應該不只埋怨，還心懷怨恨吧。不只是恭吾，對我也是。」

悠紀感到驚訝，沒想到高子竟然感到如此虧欠志史。

如果會這麼想，爲什麼不稍微幫幫志史？嘴巴上說不忍，但高子大概不曾在恭吾面前維護過志史。

不，就算指責高子也沒用。違抗丈夫對高子而言，想必連想都沒想過。與其說保守或想法落伍，應該說她天生就是這樣的個性。悠紀以前還曾經認爲這樣的高子是內斂溫婉的女性——這也是屬實的一種看法——而對她抱有淡淡憧憬。

「即使如此，也不至於殺人。」

「是的，我也不這麼想，但直到恭吾被殺……我第一個懷疑的就是志史。」

高子用與話語相反的柔和姿態，朝萩燒抹茶碗伸出手。她分三次飲盡，再用懷紙按了按嘴唇。

「悠紀，你能幫我調查這個案子嗎？」

「哎？」

高子突如其來的委託，讓悠紀差點將手中茶碗內的東西灑出來。

「我想請你證明，志史不可能是殺死恭吾的犯人。」

「爲什麼找我？」

「悠紀的工作不是偵探嗎？」

悠紀露出苦笑。

「是我媽吧，跟阿姨這樣亂說話的人。」

「不是眞的嗎？」

「也不能說是假的，不過我也只是在學姊的偵探事務所打工。」

在畢業前受了重傷的悠紀，被迫在醫院住了幾個月，原本確定錄取的工作也因此告吹。準確地說，是悠紀自己主動辭退。

那個時候，悠紀在因緣巧合之下，接受手語社團學姊松枝透子的邀請，到她擔任所長的偵探事務所擔任調查員。

雖說是偵探事務所，但雇員只有悠紀一人，只要兩三個委託撞在一起，他就會忙得不可開交。時不時會有連著幾天都沒委託的時候，所以在無法指望收入的月份，悠紀就會靠補習班或酒吧的短期打工度過難關。

「我們是只有學姊和我自己的小事務所，平常在做的都是外遇調查或身家調查——還有找貓、鸚鵡之類。」

此外，並不是「在」，而是「曾經在」。悠紀將在年底離開透子的事務所，四月開始到父親的公司上班。

父親的公司在橫濱，因此悠紀必須賣掉現在的公寓。他現在正一邊準備搬家，一邊在橫濱尋找負擔得起的出租公寓。

「那麼，你能把這個委託當成打工接下嗎？」

「阿姨知道我只是業餘人士，還是要委託的話，我也會盡可能調查姨丈的案子。」

悠紀慢慢啜飲著抹茶。幸好在到職前還有時間。

「謝謝。那麼請先收下這個——」

高子遞出和紙信封，悠紀推了回去。

「我不能收阿姨的錢。」

「那樣我會過意不去。」

兩人拉鋸了一陣子，最終是高子放棄，收回信封。

最後高子這麼說道：

「志史，在葬禮上一滴眼淚也沒流吧？明明小洸和美月的眼睛都紅了。」

……是嗎？

「不，這也沒關係，他也不需要特別假裝難過。只是我看到了，他……在笑。燒香的時候，他微微低著頭，勾起兩邊嘴角，靜靜地笑了。」

2

悠紀在收到高子請求的一週後，一月二十日來到名爲青麥的咖啡店。

不知道青麥將復古當成賣點，還是貫徹老式風格，隨著時代變遷而逐漸變成復古風格。店內紅磚風的牆壁爬著藤蔓，不大的店內籠罩在磨砂玻璃燈的燈光下，映照成淡淡的琥珀色。

雕刻屏風、咖啡色皮椅。櫃檯內，約五十歲、面無表情的老闆正用銅製水壺燒水。

悠紀坐在角落裡的桌旁，向女服務生點了咖啡歐蕾和熱壓三明治。店內看上去只有一位女服務生。眼前的人就是島田夕華嗎？

悠紀向端上咖啡歐蕾的女服務生出聲詢問。

「請問妳是島田小姐嗎？」

「是的，我就是。」

悠紀仔細端詳一臉吃驚地望著自己的女服務生。

對方大概二十歲。肌膚接近褐色，膚質細膩，連個痘瘢也沒有。只是眉毛太淡，眼皮太厚，眼睛輪廓不太分明。偶爾露出兩顆門牙的嘴唇塗著顏色偏深的口紅，臉上算得上化妝的似乎就只有口紅。解開後想必很長的頭髮，編成一條辮子。

悠紀老實報上姓名，說明關於立原恭吾被害一事，自己有件事想詢問。當他詢問下班或日後可否抽出時間，對方回答今天輪班只到六點，下班後可以到車站另一邊的家庭餐廳碰面。

因爲還有時間，悠紀就搭上JR電車，前往志史在品川留宿的飯店。飯店不只一位門僮，地下停車場也有派駐指揮人員。悠紀也確認前臺不會無人値守。就結論而言，無論是深夜還是清晨，要不被飯店工作人員目擊而進出飯店，這件事是不可能的。

悠紀早早來到約好的家庭餐廳，在能看到入口的座位上，喝著咖啡等待。家庭餐廳的咖啡與青麥的咖啡不同，欠缺香氣，簡直像是煮過頭的咖啡加水稀釋，一點也不好喝。夕華在六點十五分出現。她一和悠紀對上視線，便快步走來，打了招呼，在對面坐下。

悠紀遞出當作伴手禮的巧克力蛋糕，然後遞過菜單，表示在家庭餐廳這麼說也沒什麼好自豪的，不過想吃什麼請盡情點。夕華認眞地猶豫一陣，最後點了草莓冰淇淋。

「島田小姐是映陵大學的學生嗎？」

悠紀等她吃完冰淇淋，開口詢問。

「怎麼可能！」

夕華吃驚似地搖了搖手。

「我不是映陵大學的學生。映陵大學對我來說高不可攀。」

悠紀偷偷把手伸進外套口袋，按下錄音機的錄音開關。

「不介意的話，我想請妳回答幾個問題：請問妳是什麼時候認識志史的？又是怎麼認識他的？」

「我們是從去年七月起以私人身分聊天。他經常來店裡，所以我認得他的長相，我們碰巧在那邊的書店遇到……」

「車站前面的那間？」

「沒錯，就是那家落地玻璃牆的書店，我在那邊的平裝書角落翻書，突然發現志史就站在我旁邊。他出聲搭話，問我是不是青麥的服務生，讓我嚇了一跳。我們針對我手上的書展開熱烈討論。那本書是北歐恐怖小說作家的短篇小說集，志史也很喜歡那個作家的小說……在店裡的時候，志史看起來有點難以接近，但其實他很好聊。後來我們在店裡也會聊幾句，互相借書等。然後，呃，不知不覺……」

夕華來回摩娑泛起紅暈的臉頰。

「最難以置信的是我自己。映陵大學那些可愛女生會憤憤不平，我也能夠理解。像我這種人和志史……」

「不要太過貶低自己。」

「你不用安慰我，我知道我們是天差地遠的一對。」

夕華似乎不是希望別人安慰才貶低自己。事實上，她並不是在貶低自己，只是老實說出想法。

「映陵大學的女生是指？」

「她們剛開始會來店裡騷擾我，後來被店長趕走，並禁止她們來店裡。店長是我的叔叔，單身又沒小孩，從小就很疼愛我。結果她們進不來店裡，就在外面埋伏……其中一人好像喜歡志史。她長得很可愛，我最初還以爲她是前女友，但好像不是。啊，雖然我說埋伏，不過她們並沒對我做什麼。被圍住的時候有點害怕，不過她們只是叫我要照照鏡子，不要不知分寸。反正我對這些算是習慣了……還有，她們叫我牛蒡。」

牛蒡？悠紀正打算詢問，不過及時停了下來。這句話想必是用來嘲笑膚色偏黑，身材太過瘦削的夕華。

「你知道志史是牛蒡愛好者嗎？」

「妳說志史是什麼？」

「牛蒡愛好者，我想是那些女生們想出來的名詞。好像指特別偏愛牛蒡的人。像我這樣皮膚黑又骨瘦如柴的女生，剛好符合志史的喜好。只要滿足這樣的條件，其他部分都無關緊要。有一個被志史打槍的女生，她後來差點當上校園小姐。她漂亮得像明星一樣，皮膚又白。」

「就讓她們眼紅吧，事實證明妳比她們有魅力多了。」

「沒這回事，不過我很高興我是牛蒡，因此和志史交往，我當時眞的很開心。」

「妳現在和志史……」

「我們已經沒在碰面了。他打電話告訴我，因爲會帶給我困擾，今後不會再和我碰面。他是在案發一週後打電話給我，之後就毫無音信。他當然沒再來店裡。」

「妳聯絡過他嗎？」

「什麼，眞是的，怎麼可能！」

夕華再次在面前搖了搖手。

「我覺得妳大可主動聯絡。」

已經對夕華心生好感的悠紀眞心建議。接下來他切入主題。

「妳能告訴我案發前一天的事情嗎？」

「你是說去年的十一月九日，對吧。我記得很清楚，因爲那是我見到志史的最後一天。志史說他要去大學找報告資料，問我要不要在那之後碰個面，於是我們就約六點半在這裡見面。大概因爲隔著鐵軌，這裡意外地沒什麼映陵大學的學生。」

悠紀不由得環顧餐廳。在悠紀心中，很難把家庭餐廳跟志史聯想在一起。

「我們吃了飯，看了場電影，然後就去了飯店。志史總是挑不錯飯店的房間——請不要嫌我講得太過露骨。爲了志史的不在場證明，我也跟警察說過這些。我不想因爲講得遮遮掩掩，讓志史遭人懷疑。」

夕華露出苦惱的模樣，頭一次注視悠紀的雙眼。

「志史還有嫌疑，對吧？」

——她因爲這麼誤解，才會願意說這麼多。悠紀別開視線，喝乾杯底的咖啡，遮掩心中苦澀的愧疚感。

「你們什麼時候入住？」

「大概十點吧，因爲電影九點半左右結束。」

「你們馬上就進房間嗎？」

「是的，我們從前臺直接去房間，一直待到早上。我們兩人都沒出過房間。」

「妳確定嗎？」

「我很確定。我們雖然各別沖澡，但是充其量也只有十分鐘。我們後來就一直在一起……我本來就是個淺眠的人，尤其是和志史在一起的時候，我不想讓他見到我睡著的樣子。志史他一直讓我枕在他的手臂上……所以他一走，我肯定會注意到的。」

夕華紅著臉，斬釘截鐵地說道。

「退房呢？」

「我們早上十點退房，我們享用了房間內的咖啡，拖到最後一刻才退房。約九點時，志史的手機接到一通他媽媽打來的電話。不過志史說沒什麼事，不需要趕時間。」

「志史說不用趕時間嗎？」

悠紀下意識反問——好歹是自己稱爲父親的人被殺了，這樣還不用趕時間嗎？

「沒錯，所以我作夢都沒想到，竟然發生了這種事……志史的爸爸竟然被殺了。我從新聞得知的時候，眞的很驚訝。警察也問了我很多問題，一想到志史被人懷疑，我就覺得很害怕。」

「沒事的，如果妳的證詞正確，志史就不是凶手。」

夕華抬頭望向悠紀，輕輕點頭。

「你們離開飯店之後呢？」

「我們在車站分開了。我往相反的橫濱方向……那是我最後一次見到志史。」

悠紀不認爲夕華對自己說謊。首先，當警察核實的時候，志史的不在場證明就已經確立了。

——志史無法殺害恭吾。

這樣應該就足以向高子報告，但是悠紀卻無法這麼做。因爲儘管他對夕華那麼說，但在悠紀心中，仍然對志史留著一絲懷疑。

然而，似乎可以肯定，志史無法殺害恭吾。即使志史涉案，實際下手的也另有他人。花錢買凶，或是脅迫殺人，抑或勾結憎恨恭吾的人，還是只是單純的教唆殺人呢？

第一個選項的買凶殺人，問題在於要價昂貴，以及執行的可信度有待商榷。假使在暗網上委託殺人，又要怎麼知道對方一定履行約定？要怎麼相信一個素未謀面的人，眞的會幫忙殺了恭吾？

就算執行了，也不一定會成功。即使成功了，也有被警察抓到的可能。如果凶手被捕，對方應該會聲稱自己只是受人之託。循著網站查，馬上就能找到委託人。即使有技術避開追查，悠紀也不認爲志史會冒險選擇這麼不可靠的方法。

而且，回到現實面的問題：志史眞的付得出殺人的價碼嗎？

依照恭吾的方針，志史自從被立原家領養後，就沒有零用錢。據說壓歲錢也由高子代爲收下，存到志史名下的賬戶裡。悠紀知道母親陽子還曾經爲此向恭吾抗議，不過據說志史需要用錢的時候，只要提出申請，就能拿到所需的金額。

志史上大學之後，打工應該不再遭到禁止，不過他想來是優先準備司法考試。事實上，直到五月底司法考試結束後，志史才開始當家庭教師，輔導那些立志進入映陵大學及其附屬學校，或是青成學園和令學館的小孩。

事成再用恭吾的遺產付款嗎？……要是這麼做，簡直像在大喊我有嫌疑。

第二個選項的「脅迫殺人」也不現實。志史需要握有情節重大的把柄，而且視情況，就連志史本人都可能處於危險。

第三個選項，勾結對恭吾懷恨在心的人——或是教唆殺人——雖然最有可能，但如果要照這個方向調查，就需要調查目前爲止立原律師事務所處理的案件，列出可能對恭吾或事務所懷恨在心的人，並開始尋找與志史有聯繫的人。

悠紀還在腦中盤算，沒有任何進展的時候，就接到了高子的電話。當時是悠紀和夕華見面三天後的晚上。

「齊木死了。」

高子開口第一句話就這麼說。

「齊木明……他是志史的親生父親。悠紀，你現在有時間嗎？其實我剛剛人在警局。

志史也和我在一起。我們確認了齊木的遺體。他不是有前科嗎?所以一查指紋，就跳出了他的名字。我看了他的臉。他是無業遊民，面容有些不一樣，但確定他就是齊木。」

悠紀從未見過齊木本人，但聽過許多負面傳聞。齊木和美奈子離婚後，不難想像他必定過著更加墮落的生活。

離婚後的齊木曾經出現在立原家，距今約是十二年的事情。

請借我錢，我一定會還的，不然我會被殺的——

起初齊木使出眼淚攻勢，接著磕頭乞討，但被恭吾轟出去時，他就出言威脅如果不給錢，他就要強暴美奈子。最後他被恭吾提告逮捕，甚至遭到起訴。雖然他被判緩刑，但依舊是恐嚇未遂的有罪判決。

陽子說，判刑入監說不定對齊木更好。據說他因爲不妙的賭博而負債累累，並被瘋狂討債逼得走投無路。

被釋放後，他無法繼續住在原本租的公寓，就此行蹤不明。他只能隱姓埋名，過著無家可歸的生活……不過悠紀對他毫不同情。

「齊木怎麼死的?」

「他好像從建築工地的鷹架跳下來，時間是昨晚十一點左右。有人注意到像遊民的人走進工地。」

「地點在哪裡？」

「地點是在小日向。和令學館隔著一條公車道，然後更進去一點。」

「他為什麼會挑這樣的地方？」

「目擊的上班族以為遊民怕冷，想找可以擋風的地方，白天開工前應該就會離開，所以就這樣走過去，沒想到緊接著就聽到轟然巨響。只是那位上班族後來就直接回家了。他說自己又累又睏，也老實說不想扯上關係。這是人之常情。他從新聞中得知一名住處不明的無業男子摔死，才急忙找警察作證。他說回頭想想，當時好像還有聽到慘叫。」

「也就是說齊木是被人推下去的？」

「根據刑警的說法，現場沒有任何打鬥痕跡。意外或自殺……考慮到他特地爬到危險的鷹架上，應該是自殺。」

「但是自殺的話，應該不會發出尖叫吧？」

「是呀，不過目擊者也說可能是他的錯覺。」

「死者家屬只有志史嗎？」

「是的，以前他和美奈子交往的時候，說過他沒有父母或兄弟姐妹。」

沒有他殺的可能性，也沒有會傷心的家屬。說到底，不論是意外還是或自殺，都不是什麼大問題。

「——好像是齊木。」

高子用隱約有點急促的語氣低語。

「齊木似乎就是殺害恭吾的凶手。」

「真的嗎？是齊木下的手？」

齊木當然符合「第三個選項」。他對恭吾懷恨在心——簡直是像教科書一樣的惱羞成怒——又是和志史有接點的人。畢竟是親生父子，兩人就算在高子、恭吾和美奈子不知情的情況下，持續往來也毫不奇怪。

「恭吾指甲中殘留的物質，和齊木穿的毛衣纖維一致。」

一月二十五日——悠紀接到高子的電話，下午拜訪了立原家。

立原家位於狹窄坡道的半路，是棟雅致古典的日式宅邸。不算寬廣的前庭種了一棵巍然的高大櫻花樹。櫻花樹的枝枒一直延伸到二樓志史房間的窗戶，到了花季，就會在榻榻米上灑落淡紅色的花影。

悠紀踏過大門，經過現在還沒長出葉子和花苞的櫻花樹。一按響門鈴，穿著黑色毛衣，搭配灰色長裙的高子便前來迎接。她身上還別著一枚銀製花瓣的黑色珍珠胸針。

悠紀上次造訪，喬治——牠被養在屋內，只是能進的房間有限——馬上衝上前找悠紀玩耍，如今到處都不見那隻短腿可愛的外國犬。自從事件發生，牠就被三田家收養。門口踏墊上，還隱約殘留著潮濕的動物氣味。

悠紀爲供著恭吾牌位的佛堂上香，合掌行禮，然後就被領到客廳。這棟屋子中，只有客廳、美奈子以前的房間，以及隔音的琴房是西式房間。就連志史的房間，也是用拉門隔間的日式房間，裡面擺著床、書桌和書架。

高子端來茶和蛋糕。

「已經確定齊木就是凶手了嗎？」

悠紀喝了一口熱騰騰的紅茶，開口問道。紅茶不知道是什麼牌子，不過和老家喝的紅茶——母親喜好的紅茶——有著相同的香氣。

「我之前不是說過，恭吾的指縫留有齊木毛衣的纖維嗎？不僅如此，毛衣上還驗出喬治的狗毛和唾液。過那種生活的人，兩個月都不換衣服也很常見吧？」

高子在自己面前也放下紅茶和蛋糕，深深地坐進悠紀對面的扶手椅。

「他也可能只是撿到衣服就拿來穿。」

內心覺得可能性薄弱，悠紀還是這麼說道。

「那是一件接近灰色的深藍色毛衣，還是手工編織的。當我告訴美奈子這件事時，美奈子說齊木會織毛衣，還說家裡有一件他以前織的毛衣。」

高子站起身，取出一件準備好的淡橘色毛衣。

「這是今早警察還回來的，這件毛衣收在美奈子房間的五斗櫃深處。她說兩人剛交往時，齊木織給她的。美奈子不想見到這件毛衣，但捨不得丟掉。」

毛衣有著淺V領領口，用稍粗的毛線編織，花樣簡單整齊。毛衣織得很好，好到儘管開不了多高的價錢，還是能拿來賣的程度。

「毛衣是用普通的平面編，不過衣襬和袖口則是鬆緊編，編得十分用心。美奈子說劇團的人需要自己做戲服，會縫紉、手很巧的人不少。齊木穿的毛衣使用和這件同樣的編織方法……雖說這是最常見的編織方法，但花樣大小一致，而花樣大小是會因人而異的。除此之外，尺寸也是。」

「毛衣符合齊木的尺寸嗎？」

「那種生活讓他消瘦不少，腰圍變得寬鬆……齊木這個人個子高，肩膀很寬，但他的腿不是很長。因此他雖然高，但上半身也很長，一般尺寸應該會不太合身。」

「他幾公分高？」

「根據美奈子，他自稱有一百八十八公分。」

「比志史高很多。」

「因爲美奈子比較嬌小……」

志史大概一百七十五、六公分。身心都相當早熟的志史，國一暑假的時候，身高就有一百七十公分。不過從那以後，他似乎並沒有長高多少。

「還有啊，公園內留在現場的腳印，不論是鞋底的圖案還是尺碼，都和齊木穿的運動鞋鞋底吻合。鞋子是國內品牌七年前發售的款式，是最暢銷的款式。兩年後產品更新，店面已經沒在賣了。」

毛線與受害者指甲中纖維一致，衣服上沾了喬治的狗毛，還驗出喬治的唾液。現場的腳印也吻合，加上齊木有動機，警方認定齊木明就是犯人，想來也無可厚非。

齊木也許本來就是最有可能的嫌犯，警方才馬上朝這方面調查，也得出偵查人員期望的結果。

「其實從去年夏天，這帶就不時有人看到遊民，但我自己從未見過。」

「是齊木嗎？」

「我不確定，但被目擊到的對象身材高大，有一對骨碌大眼。」

「齊木死的地點很奇怪，我很難認爲他住在那一帶。」

「就不能是不相關的地方嗎？」

「是沒有不行的道理，只是很不自然。」

「道路對面就是令學館。」

「志史國中就讀三年的學校附近……」

悠紀覺得這點似乎算不上什麼理由。

「對了，美奈子以前曾經和齊木一起到那邊的會館賞櫻。」

高子舉出那帶著名政治世家的故居，那裡是東京都內以櫻花和玫瑰聞名的景點之一。

「說不定是只有齊木才知道的回憶之地吧？」

「說得……也是。」

「所以說，悠紀，雖然你都接下委託了，實在很不好意思，但能麻煩你忘掉前幾天我拜託你的事情嗎？」

「如果阿姨妳這麼說的話。」

高子鬆了口氣，用竹籤將盤子上的蛋糕切成小塊。

悠紀當時的確如此打算，直到他在要回家的時候，見到志史的那一刻爲止。

悠紀離開立原家的時候，志史站在樓梯頂部。悠紀打算打聲招呼，他卻已經走掉了。

然而，志史留下的一瞬間殘像，烙印在悠紀的眼中。

志史的殘像似乎在笑。

他的嘴唇彎成一抹新月，無聲無息地……彷彿揚起了笑意。

第二章

洋館

1

一月二十六日，悠紀前往齊木明身亡的建築工地。現場離令學館不遠。

悠紀居住的公寓附近，有連接立原家所在的千駄木和令學館一帶的固定路線公車。悠紀當志史的家教時，騎自行車往來立原家，但下雨天就會搭公車。下雨的時候，恭吾會開車送悠紀回家；恭吾不在的話，高子就會叫計程車，所以這還是悠紀第一次坐上前往令學館方向的公車。

悠紀在比想像中更擁擠的車內，隨著公車搖晃，想起自己擔任家教的時期，志史也是搭這輛公車上學。

公車在護國寺路口左轉，開過幾個紅綠燈，悠紀下了公車。前方是一路蜿蜒的神田川。這條路往西走就是令學館國中和高中，往東走則是事發現場的大樓。

悠紀向東轉。不費吹灰之力就找到目的地。

警方的封鎖已經解除，現在這裡只是一處圍起來的建築工地。標記著施工計畫的告示牌上，顯示這裡預定蓋一棟五層樓的鋼筋水泥公寓。建築工地有人自殺，這裡會就此變成凶宅？或者不過是死一個遊民，完工的時候就會拋諸腦後呢？

告示的承造人一欄，記載著一家大型營造公司的名稱，起造人寫著「小暮理都」。

——KOGURE……RITO？MASATO？這個名字該怎麼念？

悠紀這麼想的時候，意識到自己以前思考過同樣的事情。自己過去在某個地方，看過「理都」這個名字。

自己在哪裡看到？又是什麼時候？至少不是最近……

悠紀想了一會，依舊不明白。他用手機拍下整組鷹架和告示的照片，然後離開。一陣冰冷的風從河面上吹來，悠紀將脖子埋進羽絨外套的領子裡。

過馬路時，回程公車剛好到站，但悠紀決定略過這班公車。他尋思既然都來了，就順便看看令學館。

從地圖上來看，令學館國中和高中各有獨立用地，從神田川到護國寺，按照高中、國中的順序，稍微隔著一段距離並列。與立原家所在的千駄木地區一樣，這裡有許多狹窄的私用道路和斜坡。悠紀沿著通向歌會會場飯店的斜坡往上走，然後在路上右轉。

他原以爲會到令學館國中建築，卻迎面撞上一堵石牆，走到死路。看來悠紀搞錯了轉彎的路口。

石牆中間是道石階，階梯往上通向一道雙開式鐵門，門後是座白色的西洋宅邸。宅邸四周圍繞著長矛般的鐵柵欄，屋後是整片深邃綠意。

銅製門牌上刻著「小暮」。

「小暮家大宅……」

怎麼回事？悠紀對此有印象。他在公寓起造人名字以外的地方接觸過這個名字——對了，悠紀是透過耳朵聽到的。

……高中的時候，附近有一家叫小暮家大宅的漂亮歐式宅邸……

說這話的是母親陽子。去年回老家，母親在客廳啃著餅乾，一邊看電視新聞，突然拉高聲音。

「這棟房子！是小暮家大宅嘛。真懷念，看起來一點都沒變。」

悠紀轉向電視時，螢幕上是女主播的特寫，她正在報導一位住在東京的富豪，在自家浴室溺斃身亡的新聞。

「死去的小暮先生五十二歲……果然是那個男孩子。」

「妳認識嗎？」

「不認識，但這棟房子就在令學館附近。我高中時，班上有人說房裡住了一個年紀和我們差不多的男生，我們一群女生就放學後跑去偷看。畢竟住在那種白色的大宅裡，男生想必是什麼美少年吧。」

「是這樣嗎？」

悠紀總是搞不懂母親的思考模式。

「當然啦。不過石牆太高了，我們根本看不到。但每天都去的話——」

每天……悠紀在心裡嘀咕。

「有一天，終於讓我們在對方穿著制服回家的時候遇到他，但不看還比較好。我們的夢想瞬間破滅。嗯，這就是現實。」

母親道出十足任性的發言。

溺斃的人是小暮理都？不，理都是死者家屬？自己就是在那個時候，從新聞上看到這個名字嗎？

……不，是在更早之前。也許自己只是對「理都」這兩個字有印象，和小暮理都其實沒有任何關係。

回過神，悠紀已經來到令學館國中前面。

距離放學時間還早，四下安靜無聲。拱型窗戶一字排開的淺褐色學校，周圍環繞著宛如剪影的冬日枯木。

志史曾經就在其中一扇窗戶後面。

這所學校是男女同校，國小、國中部因爲規模小而收費昂貴，只要不挑科系，就能一路直升大學。儘管是門檻偏高的學校，但校風說起來其實相當溫吞。

也許是志史對這所學校而言，實在太過優秀。就算每個家庭都有難言之隱，不過這所學校想必有許多家境富裕而茁壯成長的孩子。身在這樣的環境，志史背後的陰影實在顯得太過深沉黑暗。不只這樣，他或許不管去哪所學校都是如此——

家教的時候，志史從未主動閒聊，即使悠紀偶爾拋出話題，他都只是簡短回答。他自然也從不向悠紀談起學校或朋友。關於志史的國中時代，悠紀唯一知道的就是他經常看書，書架上已經擺著六法全書。

志史房間內有疊似乎從圖書館，或學校圖書室借來的書。書背上貼著分類貼紙，悠紀曾經在志史去洗手間的時候，隨意從中揀選。海外科幻經典名著、日本文學名家作品、時下流行的少年奇幻作品……看上去都是愛讀書的國中生會選擇的書，但總讓悠紀覺得不像志史會看的書。

書的底下有一本稍微探出頭的筆記本。淡綠封面上，有著精緻的燙金藤蔓邊框——就是那本筆記本。

悠紀突然回想起來。那本美麗的筆記本封面上，橫向寫著「理都」和「志史」。

「能請你不要隨便亂碰嗎？」

志史冰冷的聲音再次在腦海中響起。當時悠紀連忙收回手，志史在筆記本上重新把書疊好，封面上的名字就這樣被遮掩在書本之下。

「這不過是做做樣子。媽媽看到我讀這些就會安心，爸爸也不會囉嗦。」

進立原家之後，志史便稱恭吾爲「爸爸」，高子爲「媽媽」。只是語氣中絲毫不帶親愛之情。

他稱呼生母美奈子爲「美奈子小姐」，而當了他六年養父的忠彥則被喚爲「三田先生」，簡直就像冰塊一樣冷冽。

那個時期起，志史身上就帶著生人勿近的氣息，彷彿被灰色城牆圍著。還只是國中生，卻有懾人氣勢。

十三日早晨，文京區的小暮靜人（五十二歲），被返家的長子發現死在自家浴室的浴缸中，進而撥打一一〇報案。小暮氏和長子兩人同住。大塚署根據現場情況，研判是小暮氏喝醉，不小心在入浴時溺斃。目前全案正依意外方向進行調查。

回到家，悠紀打開電腦，以西曆、小暮、文京區、溺死等關鍵字進行搜尋。簡單得知去年八月十三日發生的溺斃事件梗概，但不論哪個消息來源，都沒有刊出長子的名字。

當悠紀繼續調查，想看看名字有沒有出現在哪邊時，他發現一篇連載在超自然主題雜誌上的文章。文章中把現在的事件連結到過去的事件，描寫成一篇因果報應故事。文章在去年九月刊登在雜誌上。

這次要談在東京擁有許多房地產的富豪西丘讓（化名）在自家浴室裡溺斃的案例。第一發現者是同居的長子雅人（化名），西岡和雅人住在一座大宅裡。宅邸內所有門窗都從裡面鎖上，也沒有任何闖入者的跡象，因此應該毫無疑問地，是喝醉的西岡在入浴中溺斃身亡。

西岡是在十三日黎明前溺斃身亡。當時，雅人正在母親聖美（化名）的醫院探病。八月十三日是聖美的生日，根據醫院相關人士的說法，雅人每年慣例都會在十二日晚上，帶著花束在醫院留宿。

姑且不提雅人的孝順行爲，問題是聖美爲什麼住院。

西岡住在坡道上一棟雅致的白色大宅。他不是職業畫家，但他在花園一角蓋了一棟畫室，興趣是在那裡畫油畫。

三年前的二〇××年二月黎明前，畫室發生火災。只有畫室燒毀，主屋沒有遭到波及，但聖美嚴重燒傷，陷入昏迷，直到現在都還沒恢復意識。

根據消防部門和警方的調查，有鑑於現場情況，聖美本人縱火的可能性很大，而當時雅人和管家作證，聖美懷疑西岡外遇，精神衰弱。

火災和溺死——火與水格格不入，但這兩個關鍵詞，卻揭示了半個世紀前發生在這處宅邸的駭人事件。

從老舊的新聞報導也能查到這起事件，不過筆者是從曾經在西岡家工作的山中（化名）那裡聽到。

西岡有個雙胞胎弟弟。在西岡和弟弟懂事前的某一天，西岡的弟弟就被人發現溺死在花園的池塘裡。年輕的保姆受到偵訊，但因爲難以證明是她的過失，因此未能立案。

然而，保姆獲釋後，在西岡家的花園裡淋上煤油，點火自焚了。後來，在保姆的房間裡發現了一封遺書。遺書中寫出大老爺（西岡的祖父）對她霸王硬上弓，奪取她的純潔之身，結果老夫人（西岡的祖母）因此對她百般苛刻，還不准她預借薪資，導致母親因爲無法及時動手術而過世，她因此殺了小少爺復仇，然而嬰兒哭聲就此縈繞在她的耳邊，讓她肩膀萬分沉重，每次回頭都會看到表情痛苦的嬰兒臉龐。

順帶一提，山中在事發不久就辭去西岡家的工作。問及辭職理由也堅定地閉口不語。事情發生之後，池塘就被埋了起來。

悠紀輸入幾個關鍵字，馬上就找到關於那場火災的報導。那是四年前二月的報導。

十四日黎明前，文京區的小暮靜人家發生了火災。約一個小時後大火撲滅，但該處一棟約四十平方公尺的建築被完全燒毀。這場火事讓住在此處的靜人配偶萬里子（四十二歲）和長子理都（十八歲）身受重傷。火災發生時，萬里子在建築物內，進去救人的理都疑似遭到波及。警方和消防部門正在詳細調查起火原因。

如果母親知道，應該會在看到溺死的新聞時提到，所以她大概不知道火災的事情。這篇報導中清楚提到「理都」這個名字。他在四年前若是十八歲的話，就和志史同年。同年的話，說不定是志史在令學館的同學。以防萬一，悠紀搜尋了「小暮理都」，結果只有火災的文章重複出現。他似乎沒用眞實姓名使用社交媒體。

小暮家畫室失火、齊木明摔死、小暮靜人溺斃——悠紀覺得短時間內在小暮理都身邊發生太多事件了。

理都才二十二歲，但他似乎是齊木墜樓身亡的建築工地所有權人。然後齊木是殺害恭吾的最大嫌疑人，而理都和志史是國中朋友？

……究竟怎麼一回事。雖然沒辦法漂亮串連每件事，但彼此微妙地有虛線交纏連結。

悠紀盯著電腦，沉思片刻，拿起扔在桌上的手機，向上個月都還是自己雇主的人，送出一則LINE訊息。

〈我現在可以打電話給妳嗎？〉

透子一邊當偵探，一邊兼職——不知道哪個才是「兼職」就是了——畫插圖，主要畫幽靈、妖怪、幻想生物、異形，以及不屬於這個世上的東西。她是東京某座密宗體系寺廟的女兒，或許因爲這個原因，從小就見識過各形各色的事物。她充分利用這些經驗——眞實性還有待商榷，不過她身爲該領域的插畫家，相當受到器重。

不久，手機響起來電通知。

「——我是若林。透子小姐？」

「怎麼了？想起忘了什麼東西嗎？」

「我沒忘東西——應該啦。我是想問透子小姐——」

悠紀詢問刊載先前那篇報導的超自然雜誌。

「那家雜誌？嗯，我幫他們畫過幾次案子。」

「請問能介紹認識的編輯給我嗎？」

「我是有認識的人，怎麼了嗎？」

「關於去年的報導，我有一些事情想瞭解。」

透子沉默了大約兩秒鐘，然後一改語氣，嗓音像是將鬆垮蝴蝶結瞬間收緊的音調。

「讓我先確認一件事——和那個女孩有關嗎？」

「別發出這麼嚇人的聲音，這件事跟她完全沒關係。」

「眞的？那就好。我不是要你……忘掉她……但那件事並不是你的責任。」

悠紀試圖應聲附和，但他做不到。

那件事平常都被悠紀拋諸腦後。他並未像透子所擔憂地爲那件事感到糾結。只是悠紀不認爲自己毫無責任。他無法拯救的少女，也許以悠紀的力量根本救不了她——但也許悠紀其實能成功向少女伸出救援之手。

他不自覺地摸了摸自己的左側腹。

——如果自己付出更多關注。

如果自己曾經在某一刻伸出援手……

2

一月二十七日，本來打算去新宿的悠紀，到了駒込車站，突然改變主意，停下來打電話給高子。即使繞去立原家一趟，悠紀也趕得上約好的時間。他透過電話表示有一事相求，待會上門拜訪，然後走向公車站。

「如此突然，是怎麼了嗎，怎麼會想看看志史的國中畢業紀念冊？」

「對不起，我有件事想確認。」

「如果關於那件事……恭吾的事已經沒關係了。」

「是的，我知道。」

「都是因爲我拜託你奇怪的事情。」

高子一臉困惑，她仍然領著悠紀來到客廳。桌子上擺著苔綠色封面的畢業紀念冊。

「請看吧。幸好志史人不在家。只有這本國中的畢業紀念冊，被他收在自己房間。」

「我很快就告辭，請不用擔心。」

令學館國中部一學年有四個班，每個班有二十多名學生，男女比例相仿。

志史在三班。照片中的大家或是微笑，或是扮怪相，或是一臉正經，或是張大眼睛，試圖做出表情——每個人都注意著鏡頭，意識到現在正在拍畢業紀念冊的照片，唯獨志史露出一副平靜如湖，沒有一絲漣漪的神情。緊鄰著眉毛的鳳眼筆直注視前方，讓志史看起格外成熟，甚至像是一瞬的幻影。

這樣一看，志史的嘴唇本身線條相當柔和，悠紀卻覺得他從未見過這副嘴唇冒出開心的笑聲，或是揚起溫柔的微笑。

當他還在三田家時，想必也曾露出笑容吧。悠紀應該親眼見過，但已經回想不起來了。志史的嘴唇總是抿得很緊——讓悠紀不禁覺得，他的嘴唇就像是繃緊的弓弦——繃得太過筆直——宛如一把沒人能拉開的弓。

當時志史在樓梯上露出宛如殘影的奇異微笑，是悠紀第一次在志史臉上看到的笑容，因此格外難忘。

與志史同學年的三班中，沒人叫小暮理都。

四班——沒有。

二班——沒有。

一班……悠紀的手指僵住——找到了。

小暮理都眞的存在。悠紀抱著比起吃驚，更接近沒預想到的心情，盯著裁剪成方正形狀的照片，以及下方寫著「小暮理都」的文字。

自己正是爲了找這個才跑一趟，也不能算是「沒想到」就是了。

小暮理都就像一朵在黑暗中忽然散發馥郁香氣的花朵，是一名擁有強烈魅力的少年。他不算是擁有驚人美貌。不，也許將來他會成爲驚人的美男子，但現在在淺褐色的肌膚上，刻劃出的仍只是美麗的要素，就像是未完成的負片。

他有著深邃的五官，特別印象深刻的是挺拔眉毛下的雙眸。他的眼睛大得驚人，由即使是照片也能清楚看出的長睫毛勾勒襯托，明亮奪目得令人產生錯覺，彷彿那裡鑲著兩顆眞的縞瑪瑙。

鬈曲的黑髮垂落在前額。

頸項宛如少女一般纖細。

——和志史真像……呢。

兩人的相似並不是長相上的相似。透徹的眼神，宛如深邃水底中月光似的憂鬱，也猶如籠罩樹林的幽藍霧氣般的陰鬱，那彷彿遙不可及的氛圍，以及銳利無比的表情——這些地方在在令人覺得相像。

悠紀用手機拍下小暮理都的臉。畢業紀念冊的後面還附著名冊，到了現在已經相當少見。悠紀確認理都的地址，上面沒寫門牌號碼，但至少是那棟大宅所在的地區。

當悠紀用手機拍下三班的名冊時，高子回來了。她端上和母親喜好相同的紅茶，以及山茶花造型的日式點心，還附上溫熱的擦手巾。

「要查的東西已經找到了嗎？」

「是的。」

「我得趁志史察覺前放回去才行。」

高子把畢業紀念冊收到旁邊的扶手椅上，彷彿在擔心紅茶會灑到畢業紀念冊。

「志史只把國中的畢業紀念冊收在自己房間嗎？」

「是呀。他收在書架上。仔細一想，還真是不可思議。小學時的他說丟掉了，高中的畢業紀念冊則和畢業證書一起交給恭吾。」

「他有特別親近的朋友——或是女朋友嗎?」

「志史國中的情形，你應該比我清楚才對?」

「我從來沒和志史聊過這類話題。」

「志史就連放學後，也不能和朋友一起玩，因爲恭吾不准……恭吾又常在家工作，志史沒什麼機會放鬆。」

「志史今天人在哪裡呢?」

「不知道……他開車出去了。」

「志史已經有駕照了嗎?」

「是的，他好像秋天去上了駕訓班。他不開恭吾的車，而是買了輛二手車，我也不知道是什麼車。他在附近的停車場租了停車位，把車停在那裡。他早早就拿了恭吾的遺產。雖然美奈子說不用急，不過志史說他打算畢業後獨立，所以希望早點分……」

高子看似不安地環視白漆牆和發黑的木製天花板。要是志史離家獨立，高子就會孤零零留在這間屋子。

「志史這陣子每天都出門，但不告訴我去哪裡，我也開不了口。我完全不知道他在做什麼……也沒辦法，事到如今，他也不想再被我管吧。」

悠紀離開立原家，搭乘地下鐵，趕往位於西新宿的乾綜合醫院。撰寫報導的作家野崎和透子交情不錯，他告訴悠紀萬里子住院的醫院和病房。不僅如此，他還替悠紀跟去年答應採訪的護士事先談好。

悠紀想更進一步打探理都身邊的事情。儘管看起來像偏離恭吾一案，但或許意外地並非如此。

「不好意思，打擾妳工作。」

悠紀搭乘電梯到八樓的特殊病房，向一名在護士站獨自用電腦的護士搭話。

她的年紀大概比悠紀大個兩三歲，白衣胸前的名牌上寫著「齊藤（莉）」。應該就是野崎說的那位名叫齊藤莉子的護士。

「我叫若林，昨天有透過野崎先生向您打過招呼。」

悠紀按照野崎的建議，將在透子事務所上班時印的作家名片，以及野崎建議的一萬元禮品卡，疊在一起滑過櫃臺。齊藤用眼袋浮腫的眼睛瞥一眼，迅速塞進白衣的口袋裡。

「眞準時。」

她望向牆上的時鐘評論。

明天上午十一點四十五分到十二點，在八樓的護士站，這是她給悠紀的詳細指示。這段時間的話，她會獨自值班。不過野崎清楚交代過，如果發生緊急情況，或有人按護士鈴，齊藤就沒辦法配合。

「萬里子女士還在這裡嗎？」

「是的，她在裡面的八〇一號病房。」

八樓的話，就無法從窗戶進出。

「萬里子女士入院的時候，妳在這裡嗎？」

「是的。萬里子女士昏迷不醒，讓人以爲沒救了。」

「她沒有意識嗎？」

「是的。燒傷也很嚴重，不過主要是撞到了頭。」

「所以她沒說過是自己放的火？」

「以她當時的狀況是不可能的。」

「可是據說是她自己放火的，那是……」

「你看，畢竟——」

齊藤壓低聲音。

「據說被燒掉的畫布上，畫著她丈夫出軌的對象。萬里子女士好像事先買了一打烈酒做準備。」

悠紀也從野崎口中聽過這件事。他詳細講述畫室火災和小暮靜人溺斃事件。

萬里子用的是一種叫做Spiritus的伏特加，酒精含量九十六度。據說這種酒絕對不能一邊抽菸一邊喝。

「萬里子女士現在如何？」

齊藤苦著臉搖搖頭。

「還是一樣。她恢復意識的可能性——你懂吧？」

「她兒子經常來探望嗎？」

「他康復後，每週都會來探望一次。」

「說起來，她兒子當時也住院了。」

「是的，他住了三星期。」

「他是一個人來探病嗎？還是和別人一起？」

「他自己一人。」

「萬里子的丈夫呢？」

「我幾乎沒看過小暮先生。」

「他大部分都是什麼時候來？」

「有時是早上，有時是晚上。萬里子是特殊病房的病人，探病沒有限制。」

「她兒子會在病房待多久？」

「大概兩個小時吧。」

「去年八月十二日晚上呢？從十二日晚上到十三日早上。」

「那是小暮先生去世的那晚吧？當時警察過來問了我很多事情，到底怎麼一回事？」

「既然警方問過，那妳還記得吧？小暮理都是何時來探病，又是何時回家？」

「——那天晚上，我剛好值大夜班。這家醫院的大夜班是從二十三點，到隔天早上八點。我來上班的時候，他就在，然後隔天一早就回去了。」

「一早具體來說是多早呢？」

「我看窗外的時候，太陽剛剛升起，只要查查日出的時間，應該就知道了吧？」

如果是八月份的日出，那就是早上五點左右。

「這在我們護士之間，算是大家都知道的事情：八月十三日是萬里子的生日。她兒子每年都會待到早上，一起迎接生日，還會帶漂亮的花來。」

「她兒子一直待在病房裡嗎？」

「那間病房是我負責的，一點半和四點的常規巡房中，他都在窗邊開著小燈，似乎在編圍巾還是什麼的。他似乎很喜歡編織，眞是少見。」

悠紀思索理都是否可能殺害靜人。不是有無嫌疑，而是單純推斷物理上是否可能。

根據野崎的說法，靜人的預估死亡時間是凌晨一點到兩點之間。如果理都一點半在這裡，要殺靜人，就需要在三十分鐘內抵達小暮家大宅，殺害靜人，再趕回來才行。

悠紀確認過地圖，從乾綜合醫院到小暮家大宅的直線距離約爲四公里。半夜道路暢通，所以開車的話——他還不知道理都會不會開車——並非不可能。需要做的僞裝只要在第二天早上回家之後再做就好。

「他曾經在途中外出嗎？」

「他說不定有到外面的便利商店，不過十分鐘或二十分鐘也就算了，如果離開一小時以上都沒回來，我一定會以爲他已經回家了。那天晚上的事，警方早就帶走監視攝影機調查過了。」

齊藤稍微探出身體。

「我說，小暮先生過世那件事，不是意外嗎？」

「好像是——意外。」

悠紀也只能說「好像」。

「每年生日都只有兒子來嗎？」

「據我所知，是的。小暮先生在兒子住院期間還會來。他大概很疼兒子，所以才無法原諒萬里子女士。但說起來是他外遇不好嘛。兒子還爲了救萬里子女士，變成那樣——」

這時一位年輕的護士走上樓梯，健談的齊藤忽然閉緊了嘴。

第三章

聖域

1

「立原志史？哦，那個傢伙啊，我還記得。」

悠紀從三班名冊由上往下依次撥打電話，第一位撥通電話，願意聽悠紀說話的人是小塚海斗。他不想親自見面，但他通過電話回應「採訪」。

「令學館從小學就能開始讀。小學位在千代田區，大學是在新宿區。立原是從國中……你是他親戚，我也不用說。高中部的門檻雖然也很高，不過一般來說，是從國中就開始讀的傢伙們頭腦比較好。其中立原的腦袋大概贏大家三倍——也許更多。」

「小塚先生從小學開始就讀，對吧。」

悠紀出聲詢問，牽制對方彷彿要從薄薄的手機中溢出的自我中心。

「跟志史在同一班，只有三年級的時候嗎？」

「一年級也是同班。第一次見面時，他的姓氏是叫三田對吧。國一暑假結束後就變成立原。」

「志史是個怎麼樣的人？」

「答案可能會摻雜我的主觀，沒問題嗎？」

小塚事先聲明了理所當然的事情。

「從國中開始就讀的人，大約分成兩種：會對內部生——從小學升上來的人——特別討好獻媚的人；或是相反，擺出鄙夷不屑的態度，一副我們腦袋構造不同的人。立原兩者都不是……不，真要說的話，應該是後者……但也不太算。」

小塚此時第一次謹慎選字。

「——說到底，差別就在於有沒有意識到這些。不論是討好還是鄙夷，都是對內部生有強烈的意識。立原就不會這樣。一直都是周圍的人意識到立原，不論是外部生還是內部生。內部生通常不會對外部生有什麼想法。說是漠不關心，也還不到那個程度。但是立原的話，儘管有程度差異，不過每個人都會注意到他。」

「那是志史頭腦特別聰明，很會讀書的關係嗎？」

「這一點因素也有，不過光是這樣，外部生不會注意到，內部生也不會意識到。也許是立原的氣質……尤其是那雙眼睛。」

「眼睛……」

「立原不是很顯眼嗎？我不覺得他長得特別帥，但該說他有種獨特的氣質嗎。我曾經納悶地仔細觀察過，他的眼睛是透明的。我不是說真的透明，是指他的眼神冰冷清澈，讓人覺得就像透明一樣。我想應該是那雙眼睛讓立原很特別。」

志史的眼睛——

確實是「透明」的眼睛。

當家教時，被志史注視的悠紀，經常因爲那毫不留情的冷徹而坐立難安，彷彿連靈魂都被志史看穿。

「立原在班上是孤立的。不是班上霸凌或無視他，而是大家都隔著一段距離注意他。畢竟一靠近，好像就會被那隻眼睛殺死。」

「你跟志史聊過嗎？」

「我們化學課分在一組，有過實驗所需的對話。」

「有沒有人跟志史關係密切？」

「不，立原沒朋友——啊，眞要說，應該是田村，田村奈緒。田村和立原三年都在同一班。」

悠紀確認這個名字在三班名簿上。

「是女性嗎？」

「對，她是一家經手珠子或施華洛世奇等手工藝品配件材料的公司總裁孫女。她是圖書委員，寫作能力很強，經常在東京或全國比賽得獎。她很聰明，但個性太雞婆，又不會察言觀色，直到最後都還在嘗試把立原拉進班上團體。立原自己明明不想那樣，每個人都很清楚，就是她搞不清楚狀況，這也算是一種才能了吧。」

「田村小姐現在……」

「田村上了一所國立女子大學，好像要去當日本文學系的研究生了。哦，你也要找田村談談？那我幫你簡單聯絡一下好了？她也是小學就開始讀，我們還算有聯繫。」

「能麻煩你嗎？」

根據在偵探社的經歷，悠紀對這類提議都毫不客氣地接受。

「只要聯絡田村小姐就好了。」

「哦，也是，讓同期所有校友都知道有人在調查立原，也是挺傷腦筋。那我就偷偷告訴田村。沒問題的，我嘴巴很緊，田村也是可以信賴的人。」

二月二日，悠紀在指定的轉運站內咖啡店，和田村奈緒見面。

當悠紀在入口附近的座位上，喝咖啡等候時，一位「身穿紅色毛衣配黑色大衣，留著鮑伯頭短髮和齊頭瀏海」，外觀一如事前通知的女性準時出現。

她有著圓滾滾的臉頰，一雙眼睛像橡實一樣骨碌轉動。悠紀遞出巧克力蛋糕，她禮貌地道謝並伸手接過，然後挺直背脊，直勾勾地盯著悠紀。

「如果只是雜誌記者，我就拒絕了，但聽說你是立原的表哥。」

奈緒爽快說道，將悠紀的名片收進皮夾。

「正確來說，立原志史是我表姊的小孩。」

「很複雜的家庭關係呢——那麼，立原同學是因爲養父的案子而有嫌疑嗎？」

「不，志史有不在場證明。」

「太好了，其實我看到新聞時就有點擔心。我聽說他養父很嚴厲。」

「妳是從志史口中聽到的嗎？」

志史曾經透露這種事給眼前的人嗎，悠紀心想。

「立原同學每天放學後都來圖書室。他說他只准晚到家三十分鐘好用來選書，他的自由時間就僅有這三十分鐘。」

「志史這麼告訴妳嗎？」

「我聽到立原在圖書室說話。我是圖書委員，無論我値班與否，我都常在圖書室。」

悠紀的身體不由自主地向前傾。

「志史在和誰說話？」

「我也很好奇。立原同學在班上話不多，所以我也很好奇他原來有親密的朋友，就探頭去看，發現對方是另一個班的學生。」

「妳知道名字嗎？」

「我知道，我小學曾和對方在同一班，高中也是。」

「能告訴我對方的名字嗎？」

「是小暮同學。小暮理都，寫作理想之都的理都。」

悠紀從肺部深處吐出一口氣。他知道志史身邊有一名叫作小暮理都的少年，因此他一直等待有人確認這件事。

「小暮同學也是個引人注目的人，單純是因爲外貌。詳細的事情我不太清楚，不過我想他應該是中東系混血兒。他有著淺褐色的膚色，五官深邃，眼睛很大。睫毛長得嚇人。我覺得他的長相很美，但對有些人而言——特別是小學——比起美麗，更覺得他的長相很奇特。說奇特大概不太好，不過他確實很有異國風情。據說他母親可能是外國人。他父親參加過幾次學校活動，不過怎麼看都是日本人，膚色蒼白，而且有點矮，一點也不像小暮同學。他母親倒是從來沒有人見過她。」

「你眼中的小暮同學是個什麼樣的孩子？」

奈緒似乎沒有注意到悠紀可疑地更關注理都，而不是志史。

「嗯，眞要說的話，他應該是那種被欺負的類型。因爲他外表突出，又很乖巧，很容易被嘲笑。不管別人說什麼，小暮同學都一聲不吭，不可思議地盯著對方。因爲他眼睛很大，我想小暮同學自己並不知道，但他的注視莫名地很給人壓力。站在被他看的人立場上，其實應該很可怕吧。」

悠紀回想起畢業紀念冊中理都的照片。那是一張讓人一眼就不會忘記，甚至烙印在夢中，強烈、纖細且帶著憂愁的臉龐。

「欺負他的人一害怕，因爲不想承認他們害怕，就又欺負小暮同學。事情當然是對方不好，不過我有時也覺得小暮同學太關在殼裡了。他好像也很喜歡書，經常待在圖書室，我有幾次向他搭話，例如『你在看什麼書？』或者『如果有推薦的書請告訴我』。小暮同學只是默默翻開書的封面，或者搖頭，然後靜靜走開。在我來看，小暮同學……還有立原同學，他們都是自己選擇孤獨一人。」

志史確實有這樣的傾向。

讓志史變成這樣的，是他身邊的大人。

對年幼的志史使用暴力的齊木；一懷上忠彥孩子就捨棄十二歲的志史，不再當他母親的美奈子；贊成送志史當養子的忠彥也是同罪——他好歹都和志史當了六年的父子。

無論是身爲親生祖父母或是養父母，恭吾和高子都不愛志史。悠紀不知道他們自己怎麼想，不過即使他們不討厭志史，他們也絕對沒愛過志史，原因是志史身上流著齊木的血，志史根本對此無能爲力。

志史是孤獨的。

小暮理都——大概也很孤獨。

「小暮和志史同一班嗎？」

「他們從來沒同班過。國中每年都會換班，我剛好和立原同學同班三年，不過小暮同學從來沒同班過。」

「那他們在同一個社團嗎？」

「不，立原同學沒參加任何社團。啊……不，一年級剛開始，他有暫時加入社團，是古典音樂社。」

「他應該是彈鋼琴？」

「我也不知道……他在正式加入社團前就退社了。」

國中一年級的夏天之後——也就是說，志史從到立原家起至考上青成學園爲止，都無法觸碰琴鍵。

高中重開鋼琴課，考大學時也沒有中止——考大學對志史來說應該沒什麼難度——悠紀聽說志史爲了集中準備司法考試，所以大學二年級時就不再碰鋼琴。他也許只是停止鋼琴課，並不是放棄鋼琴本身。

「小暮也在音樂社嗎？」

「不，小暮同學沒參加社團。他高中有加入文藝社——我有個朋友很喜歡小暮同學，所以我還記得。」

奈緒辯解似地補了這一句。

「那麼，志史和小暮呢？」

「這只是我的猜想，但我想他們在圖書室認識。每天，他們都在圖書室一起度過午休、午休和放學三十分鐘。他們有時坐在圖書室的窗邊，有時一起在閱覽室寫什麼。有時低語交談。兩人在一起的樣子，簡直像一幅畫。國中一年級根本還很小……特別是男生，身高也沒女生高，有時還幼稚得讓人吃驚，但只有他們兩人不是孩子。儘管這麼說，他們當然也不是大人。我不太會說，就像從小孩的殼蛻皮，但下一階段的殼還沒完成……」

「志史和小暮處得這麼好嗎？」

「是啊——直到中途。在與班級無關的校外教學中，他們也一直是兩人，還總是一起回家。小暮同學走路上學，路程只到公車站而已。但他們會特地避開直接通往大街的路，刻意繞遠路。」

「直到中途是？」

「他們決裂了，我想是在國中三年級的秋天或冬天。」

「妳爲什麼這麼認爲？」

「因爲他們不再來圖書室了。」

「兩人都是？」

「他們有時會分別來圖書室。如果立原同學來了，小暮同學就不會來；如果小暮同學來了，立原同學就不會來。他們也不再一起回家了。」

「妳知道原因是什麼嗎？」

「我不知道。當我注意到的時候，就是這樣了。我想是因爲立原同學要上青成學園高中。這讓小暮同學很震驚。」

「因爲這樣就……？」

「因爲已經是大人了，才會這麼想。如果若林先生是國中生，認爲第一次交到的唯一好友，毫無疑問會和自己去同一所高中，結果對方卻考了其他學校的入學考試。你要是知道了，不會傷心嗎？不會失望嗎？不會覺得遭到背叛嗎？」

奈緒連聲追問。

「儘管他理智上清楚立原同學對此無能爲力，小暮同學心中純粹與青澀的部分，也無法原諒他。」

「他們說不定只是一時鬧彆扭。他們直到畢業，還是維持同樣狀況嗎？」

「他們關係還是沒改善，畢業典禮的時候，甚至好像完全決裂了。你知道令學館的制服嗎？——男生打領帶，女生打領結，搭配淡棕色西裝外套。領帶和領結的顏色的話，小學用酒紅色，國中用苔綠色，高中用深棕色。」

「我記得是絲質的。」

「沒錯。我們內部生只有在高中一年級，才會照規定打深棕色的領帶或領結——這是一個私底下的默契，傳統上——從二年級開始，大家會從小學的酒紅色或國中的苔綠色，挑喜歡的顏色打領帶或領結。也有人會依季節和心情變化換顏色，也有人選定喜歡的顏色後就不會變。當然，國中部就只能選擇苔綠色，不過在從小學部就讀的人之中，苔綠色也比較受歡迎。這是最棒的地方。畢業之後，大家都會保留下來珍藏。」

悠紀從母親那裡聽過這件事。母親從國中開始就讀，小學是和高子、篤子就讀同一所女校。不過母親不喜嚴謹校風，而來考男女同校的令學館。

「小暮同學在畢業典禮後，用剪刀剪碎了立原同學的領帶。」

「把制服的領帶剪碎嗎？」

奈緒表情僵硬地點了點頭，大概是想起了當時的情景。

「我親眼看到了，典禮結束後，事情就發生在圖書室。當我去和照顧我的圖書管理員告別時，小暮同學站在窗邊，拿著一把剪刀，在剪別人的領帶。」

「我覺得剪領帶還蠻困難的，是特地拿合適的剪刀來剪嗎？」

「我是這麼認爲，剪刀看起來像是一把裁縫用剪刀。」

「妳怎麼知道那是志史的領帶？說不定是小暮自己的領帶？」

奈緒一臉嚴肅，想了想。

「說實話，我不記得當時小暮同學有沒有打領帶。而且小暮同學是唯一一個在高中三年都照規定打深棕色領帶的內部生，所以我也不能斷定那不是小暮同學的領帶。不過小暮同學當時的樣子，讓我這麼想的，因爲他的樣子非比尋常。當然剪領帶本身也不正常，但我指的不是這點。當時小暮同學大大的眼睛裡，倒映出剪刀的銀色光芒。雖然講得有點誇張，不過他的模樣實在太過嚇人，讓人覺得要是被他發現，他就會拿起剪刀襲來。我嚇壞了，跑回教室。要在平常，我肯定會打招呼的。剪自己的領帶，也會露出那樣的表情嗎？當我回到教室時，立原同學沒有打領帶。我問他領帶怎麼了，他只說沒事。我也沒辦法再多問了。」

聽著奈緒不慌不忙地說話，悠紀想知道志史和理都是不是眞的決裂。如果兩人的關係在那時斷絕，那齊木死在工地會不會只是巧合？

不，會有這樣的巧合嗎……？

如果是這樣，兩人的關係是否在某個時候修復了？

悠紀試著問奈緒，但她表示不清楚。不過雖然不清楚，如果是年紀更大之後也就算了，做到剪領帶這種程度，很難想像友情還能回到從前——

「確實是非比尋常的行爲。」

「小暮同學是個很安靜的人，但他的內心相對地蘊藏著一股激情。不過他展現出激情的時刻，我知道的也就是領帶跟另一次——另一次是高中的時候——」

此時奈緒回神似地截斷自己的話。

「抱歉，你想問的是立原同學的事吧。」

「不，請告訴我。也許在某個地方會和志史有接點。」

「——剛才我也稍微說過，小暮同學在高中時加入了文藝社。因爲高中部在一年級的時候，必須加入社團才行。文藝社每年六月和一月都會出版一本名爲《鳶尾花》的作品集，以校徽的鳶尾花命名。六月的初夏號是收錄詩集、短篇童話等短篇作品的小品集，但是一月新年號的話，大家會拿出幹勁寫起長篇小說，這就是活動的重頭戲。新年號也會在福利社出售。我也買了，因爲我有個朋友在文藝社。不過高一發生了一件事，導致當年沒出新年號。」

那一年文藝社的成員有七、八個人，包括理都在內。據說通常都是這個人數。

根據奈緒在文藝社的朋友所說，在正式作品集發布前，會先印社員人數份的校樣本，讓社員全員都看過，檢查有無錯漏字或表達錯誤，同時進行作品的品評。事情就是發生在這個階段。

「文藝社有一個叫杉尾蓮的男生，他跟我同年級，是從小學就開始讀令學館的內部生。小暮同學指責杉尾同學的小說抄襲，接著突然拿走桌上保存大家作品的USB，並從目瞪口呆的眾人手上搶過校樣本，丟到走廊上的水槽點火燒掉。他甚至還帶著打火機。警鈴都響了，消防車還差一點就出動。當老師問小暮同學時，他什麼也沒說。他被罰在家思過一週。文藝社也停止活動一個月，還不准發表作品集。這件事發生後，小暮同學和杉尾同學都退出了文藝社。」

「實際上怎麼樣？是抄襲嗎？」

「我朋友和其他社員都不確定。不過我朋友說杉尾同學沒有反駁，感覺應該有鬼。所以大家都覺得小暮同學是對的，說連那麼文靜的小暮同學都激動到那種程度。」

「那是怎麼樣的小說？」

「你說杉尾同學的小說嗎？我也不知道……」

「當時的文藝社社員都讀過了吧？」

奈緒察覺到悠紀的要求。

「要我問問我的朋友嗎？以前待文藝社的那位。」

「如果可以的話，我想直接面對面詢問她。」

「好的，請稍等。」

奈緒拿出手機，傳了一陣子訊息，抬起臉。

「明天下午兩點或三點如何？」

「我時間地點都可以。」

「那麼明天兩點在這裡，因爲對方說希望我也在，所以我也會來，可以嗎？」

「當然，我求之不得。不好意思，給妳添麻煩。」

「沒問題，我也很開心能見到許久沒見的愛梨，她叫多田愛梨——那個，如果若林先生有在調查小暮同學的話——」

悠紀一瞬間內心暗驚。因爲奈緒說的不是「立原同學」而是「小暮同學」。

「——如果你知道小暮同學現在怎麼樣，你能告訴我嗎？我一直很在意他的事情，畢竟發生了那樣的事情，後來就再也沒見到他了。」

看著奈緒那張嚴肅而略顯若有所思的臉，悠紀認爲她所說喜歡理都的朋友，說不定就是她自己。

「那樣的事情，指的是去年小暮靜人過世？還是畫室的火災——」

「對喔，說起來他父親過世了。我說的是火災。不知道爲什麼，總覺得那所學校……那一帶火災接連發生。」

「是嗎？」

「我們國二的時候發生了一場火災，雖然是小火，但是人為縱火。國三的時候，附近的公寓也發生了火災，死了一對夫婦，只有小孩得救。小暮同學家的火災是——二月十四日，那天是情人節，我——的朋友帶了要給小暮同學的巧克力，但是小暮同學沒來學校。我們最初都不知道發生了什麼事，直到午休後，所有的學生都聚集在禮堂，校長告訴我們小暮同學家失火了，小暮同學也住院了。我向班導問了醫院，他卻不肯告訴我。說是小暮同學沒有生命危險，但是暫時需要靜養。其他住院病人也需要休息，學生們拜訪會造成困擾。結果就這樣……小暮同學直到畢業典禮，都沒再來過學校。」

「小暮有升上大學嗎？」

「他沒直升上大學，不過他本來就排除在內部直升組之外。儘管這麼說，他也沒得到推甄的推薦，似乎也沒參加一般考試……我不知道小暮同學在火災之前，對未來有什麼想法。」

2

二月三日，悠紀坐在和昨天同一家咖啡廳的同一個座位上。奈緒坐在他的正面，多田愛梨則坐在奈緒旁邊。

愛梨有著一頭長度及胸的柔亮棕髮，化著與她的娃娃臉不太合的搶眼彩妝。開心接過巧克力蛋糕後，愛梨談起了杉尾蓮的小說。

故事舞臺位於遠方星系中一顆遙遠的星星。一位王子捲入政變，全家遭到處決。因年少入獄而免於死刑的他，在獄中遇到一位名叫鈴那的眼盲少女，並在成爲地下反抗軍的昔日親友協助下越獄，和他一起投身革命。

最終，革命失敗，夥伴被殺，只有王子和鈴那在好友的犧牲之下，搭上小型逃生艇逃往太空。逃生艇已經設定好，會反覆透過曲速移動，前往數萬光年外的「藍水行星」。王子和鈴那手牽著手，在冬眠膠囊內陷入長眠——

「因爲故事還算有趣，所以我還記得。雖然有很多值得吐槽的地方，不過不只我的作品，大家的作品都是半斤八兩。」

愛梨喝了一口感覺很甜的風味拿鐵，然後用紙巾擦了擦沾到奶油的嘴巴。

「不知道到底是抄襲什麼？感覺很像在哪邊聽過的故事東拼西湊出來的東西，但具體來說又說不出來。小暮同學應該要好好說出來才對。社員全都不清楚，但是杉尾同學因此退出社團，應該就是承認自己抄襲。」

「小暮寫過小說嗎？」

「沒有，小暮同學不寫故事的，他寫的是短歌。文藝社很少有完全不寫故事的人。雖然也有人主要寫詩，偶爾寫故事。我猜他應該是挑看來很輕鬆，又不用和人打交道的社團吧。文藝社的活動畢竟是個人獨自作業。美術社應該也是類似的社團，但他好像討厭畫畫。」

「妳還記得是怎麼樣的短歌嗎？」

「嗯——我對俳句或短歌完全不感興趣。」

愛梨轉向奈緒。

「小奈還記得嗎？我應該有給妳看過初夏號？」

「妳沒給我看過，妳說很丟臉所以不想。」

「對喔，我趕不上第一次《鳶尾花》的截稿日期，所以我拿很久以前寫的故事，修改後交出去了。我自然不想把那種東西給小奈這樣擅長寫作的人看。」

「我聽說過田村小姐文筆不錯，但似乎沒加入文藝社。」

「因爲小奈是網球社的王牌。」

「才不是，因爲我不會寫小說。我能耍耍小聰明，寫一些合乎評審喜好的作文，但我沒有愛梨那樣的想像力。」

愛梨拿出手機，對悠紀露出親切笑容。

「我家的《鳶尾花》應該還在，找到的話，我可以拍下小暮同學的短歌傳給你。」

「能麻煩妳嗎？」

「當然沒關係。不過，如果你知道小暮同學的事情，請好好告訴小奈。」

「愛梨眞是的。」

奈緒焦急地用手肘戳愛梨。悠紀忍住笑回答。

「我明白了。那麼如果妳知道，希望能提供杉尾的聯絡方式——」

五天後，悠紀在杉尾住處附近的一家店和他碰面。

「你好，我是杉尾。」

杉尾黑框眼鏡後的表情有些難以辨認。他脫下高檔羽絨外套，擱在旁邊的椅子上。

悠紀聯絡他時，杉尾首先拒絕謝禮的禮金。他說他不是情報商，開口不是爲了回報。

「我從田村那裡聽說過，沒想到當年的黑歷史還會被挖出來。不，我不是指抄襲，是指我竟然加入文藝社寫小說的事情。」

杉尾點了吉力馬札羅咖啡。這家咖啡專賣店有著類似青麥的復古氛圍。

「老實說，那篇小說算不算抄襲，還是個疑問。」

還沒等悠紀提問，杉尾便自顧自開口。

「其實去年我祖母在家裡過世了。我們家雇用了看護，直到祖母過世前，她在我們家住了半年左右。她說以前當幫傭的人家，他們家的兒子也是讀令學館。我仔細一問，結果是小暮。小暮的母親似乎以前是銀座某個高級俱樂部的女公關。她不是店裡第一紅牌，但臉蛋美得算是俱樂部第一，甚至堪稱銀座第一。」

「我聽說她是中東系的人。」

「不，我確認了，她是日本人。小暮的中東血統應該是來自父親。不，不是小暮靜人。沒人提過嗎？小暮不是小暮先生的親生兒子。」

「我第一次聽說。」

「是喔，原來連田村也不知道。當小暮先生為了小暮的母親天天到俱樂部報到時……這個講法總覺得怪怪的。」

「也是，用靜人先生和萬里子女士可能比較好懂。」

悠紀道出兩人的本名，杉尾便露出共犯般的表情點了點頭。

「就這樣稱呼吧。靜人爲了追求萬里子上俱樂部的時候，萬里子已經有一個孩子。小暮──靜人知道這一點，還是向萬里子求婚了。在發生那樣的事情之後，還眞是偉大。」

「那樣的事情？」

「我當時還小，但你可能記得。十八年前的聖誕節，一位在銀座俱樂部工作的女人，在她家門口被人往臉上潑硫酸的事件，你不知道嗎？」

「我沒印象，那是萬里子女士嗎？」

「是啊。我不記得是左邊還是右邊，不過萬里子半邊臉嚴重燒傷。半邊很漂亮，半邊則是──」

「竟然會有人做這麼可怕的事情。」

「透過好幾次整形手術，似乎有改善一點，但要恢復原本模樣……似乎難度很高。」

「犯人呢？」

「過了時效卻沒有被抓到。可能是跟蹤狂、被搶客人的嫉妒同事、丈夫被搶走的復仇妻子，或瞄準美女的隨機犯……」

悠紀注意著鏡片後杉尾眼中的歡喜之情，猜想杉尾大概迫不及待地想把這些資訊告訴別人。

正因如此，杉尾才會答應見面。對悠紀而言，應該可說是求之不得才對，沒道理對此感到不快。

「萬里子據說很任性，也很情緒化。花村太太——就是那位幫傭的名字——說小暮總是替萬里子，以及成爲自己名義父親的靜人著想，是個性非常溫柔的小孩。只是小時候的他雖然內向，但也有開朗的一面，後來變了。」

服務生端來香氣逼人的咖啡。杉尾沒加任何東西，一臉享受地享用黑咖啡。眼鏡鏡片因爲熱氣而微微起霧。

「我也覺得小暮後來變了。」

「後來是指什麼時候？」

「大概是五年級吧。小學的時候，我和小暮六年都同班，小暮不是班上中心的類型，但他會和一樣是文靜類型的朋友在一起，常常笑得很開心。不知不覺之中，他不再露出笑容。從那以後，就開始常常一個人待著。」

志史也是後來產生變化。

「小暮對靜人比對他母親萬里子還親，他在家的時候，據說常待在靜人的畫室。」

「被火燒毀的畫室？」

「沒錯，在庭園的獨棟畫室。靜人靠著代代相傳的不動產過活，畫畫似乎是他的興趣。他很喜歡小暮，還用他當畫畫的模特兒。」

「你跟小暮不太親近嗎？」

「異端分子同伴——我是這麼以爲的。我抱著一種幻想，覺得沒人能理解我，不過如果是小暮，我們一定能互相理解。我們國中也分到同一班，讓我內心暗喜，但是這個時候那傢伙——哦，抱歉，立原志史同學就出現了。」

杉尾說志史應該是「另一邊」的人。他應該是在「另一邊」且站在中心的人。明明這個人被「另一邊」需求著，卻硬是待在「這一邊」，讓杉原一肚子火。

「說起來很抱歉，不過就是因爲這樣，我才不喜歡他。對於想去『另一邊』卻去不了的我來說，小暮是『同志』，而立原則是無法容許的存在。而且立原還闖進可說是我聖域的地方。下課、午休、放學……我每次去圖書室，他總是在那裡。我知道這樣說很失禮——」

「沒關係，不用每次都道歉。」

「你能諒解，我就說得痛快多了。在其他地方還好，但在圖書室看到他的時候，我就生氣。他要來圖書室也就算了，但每天都出現，實在讓人很不愉快。當然，這是我自我中心的感受。圖書室不只是爲了我存在，但我還是會忍不住這麼想。」

杉尾將握拳的手抵在嘴邊，微微一笑。

「說來好笑，但實際上，我想藉此機會和小暮談談。我在腦海裡把小暮當成同志，擅自認定小暮和我一樣，對立原的出現感到苦惱。那傢伙爲什麼會在這裡？眞是有夠礙眼，要是能和小暮這樣互吐苦水，我就能嚥下這口氣，說不定還能因此縮短和小暮之間的距離。我的腦海中抱著這樣的妄想，然而——那時是國中一年級的十月——我因爲感冒而請三天假，回來上學之後，就發現他和小暮在圖書室親密相處的樣子。你能想像我那時候的感受嗎？用可能會引起誤會的說法來表現的話，就像是在告白前就失戀。接下來就是他們的蜜月期了。他們會在窗邊湊近臉龐交談，在和圖書室相連的閱覽室裡，攤開筆記本，一起寫點什麼。」

「筆記本……」

那本淡綠色的筆記本，上面寫著他們的名字。

「我受到嚴重打擊，因爲看到兩人在一起，我才意識到小暮和他並肩也毫不遜色。我終於明白了。簡單地說，像他們那樣才叫『異端』。」

杉尾刻意把異端這個詞念得格外清晰，彷彿其中別有含意。

「那個時候，我所想的『異端』是指十分特別，類似天選之人的別稱。這麼一來，我不過就是個低人一等的人……不，我現在已經不會抱著這種輕賤自己的想法。我已經妥協並接受自己就是平庸，但還是擁有不少東西，不會再對『異端』抱持奇怪的憧憬。只是當時的我自我意識太強——每個人都會有這樣的時期吧——幻想與現實的差異，造就了一種虛構的自卑感。因此說起發生的事情，就是我嫉妒立原和小暮。對於他們的關係，他們營造出的空氣感，就像是兩人獨自身處在玻璃森林裡……這樣。」

「玻璃森林嗎？」

「這不是我現在的感想，是我當時的想法。」

「我懂你所說志史擁有的氛圍。我在志史國中的時候，當過他的家教。他是個不談學校，也不談自己的孩子。」

什麼都不談——真的是這樣嗎？難道不是我如此認定，於是什麼都不問，志史才什麼都不說？悠紀在心中反問。

「我想過就此放棄，不再去圖書室。如果想看書，去圖書館就好，這附近也有圖書館。然而我無法做到。我依舊到圖書室報到，注視著他們。說我是跟蹤狂也不為過。」

緊接著，杉尾談到了奈緒也提過的小火災。事情發生在十一月下旬，他們上國中二年級的時候。有小孩在小學入學考試落榜，在海外生活幾年後，依舊沒能通過歸國子女特別招生的國中部入學考，母親就混入學校的廁所縱火。

黑煙升騰，警鈴高響，教務主任透過緊急廣播，用宛如尖叫的嗓音連連呼籲：「留在學校的學生請盡速撤離避難。」

「警鈴對心臟實在不太好。女生都在尖叫，圖書室管理員大聲呼喊大家，和在場的學生一起衝向走廊。我當時在閱覽室裡，因為立原和小暮也在那裡。他們一如往常地攤開筆記本，正在寫些什麼。我也準備離開，然後忽然轉頭一看——看向他們。你覺得他們在做什麼？」

——他們緩緩闔上筆記本，站起身來，並肩步向與門口方向相反的窗邊——

聽著杉尾刻意吊人胃口的台詞，悠紀彷彿目睹了那一幕——兩名少年的身影——像幻影一樣在遠處浮現。

「兩人素來冷靜，他們可能猜想有人惡作劇按下火災警報，或是認爲警鈴故障吧？不過我認爲不是這樣。即使是眞正的火災，他們也沒有逃跑的意思。相反的，他們說不定還期望火焰的來臨。」

根據杉尾的說法，位於學校三樓的圖書室，窗戶不是面向學校操場，而是朝向馬路。一開窗，緊逼面前的就是圍繞著學校四周的水杉樹林。

水杉不會像楓樹一樣變成鮮紅色，而是紅棕色。圖書室窗外的樹木正要換裝。

「兩人朝著水杉林的方向，立原把筆記本收在身側，小暮把手放在窗臺上……永恆彷彿只在那裡降臨了。我不知道該怎麼解釋，那一瞬間在我胸口中騷動。他們的背影甚至讓我感到神聖。大概是因爲窗戶開著，他們的頭髮微微飄動，就像等待著世界毀滅一樣……」

杉尾的雙眼在眼鏡後方濕潤起來。他的眼中沒有悠紀，正盯著九年前圖書室的窗戶。

悠紀靜靜地等待他的視線回到現實。

「——我想說的是那本筆記本。就連可能會死的時候，立原都把那本筆記本拿在手上。從那時起，我就對他們的筆記本很好奇。」

「那是什麼筆記本？」

「不是一般的大學筆記本，也不是人人都有的印著校徽的筆記本，是一本看起來有點貴的筆記本，顏色是淺綠色，他們對周圍環境不感興趣，所以沒想到周圍會有人對自己感興趣。他們如此顯眼，又是祕密主義者，有時卻毫無防備地把筆記本留在閱覽室的座位上——儘管時間不長。我一直看著他們，假裝在看書，美工刀藏在褲子口袋。」

杉尾做出握美工刀的手勢。

「我算是執念深的人。我就一直這樣等待著機會，到國三的五月，終於付諸實行。他們把筆記本留在桌上，趁他們到書架找書要花時間，我就看準這個不容錯過的良機。」

「你做了什麼？」

「沒什麼大不了，我翻開筆記本，用美工刀割下一頁。我真的只是隨便選了一頁。」

「上面寫了什麼？」

「我也不太清楚。他們可能正在寫小說，或至少是試著寫小說。那一頁上面寫的是類似設定的片段文章。一個盲眼少女如何如何之類的。」

「盲眼少女……鈴那。」

「你是從多田那邊聽到的嗎？我當時寫的小說主角是塔羅斯和鈴那，標題也是〈塔羅斯和鈴那〉。眞是難爲情，算是我最大的黑歷史。」

「是變位字謎呢。」

杉尾蓮害羞地撓了撓頭——蓮花——Lotus——Tulos。背後的心思確實有些露骨。

「筆記本上的名字可能不是鈴那，而是鈴奈。鈴奈——盲眼、天使，大概是這樣的感覺。我唯一取用的就是這部分。光靠那一頁，我也沒辦法搞懂他們在寫什麼小說。我也不可能記得細節，因爲我在回家的路上，就把那一頁揉成一團，扔在車站的垃圾桶裡。我之所以任由小暮責罵而不加反駁，是因爲我自覺愧疚。事實上，小暮應該只是因爲筆記本內容被人看到，還被割走一頁，才大發脾氣，抄襲什麼的不過是發火的藉口。即便他再怎麼對周圍視若無睹，他視野的一角，想來還是有我的存在。讀過我的小說，他應該就明白誰是從筆記本割走一頁的犯人。要不是當時警鈴響了，也不會演變成那麼大的騷動。」

「謝謝，我明白了。」

「當警鈴響起的時候，小暮臉上不可思議地浮現懷念的表情，讓我印象深刻。他應該是想起立原的事情吧，那位和他絕交後，就這樣分別的至交好友。」

「——絕交嗎？」

「絕交這個詞，聽起來很令人懷念吧？」

「嗯，確實。」

悠紀第一次對杉尾的話有同感。

「小暮和志史他們真的絕交了嗎？」

「應該是吧。」

「什麼時候？」

「三年級第二學期結束的時候。」

不愧是自稱跟蹤狂的人，杉尾記的很詳細。

「這麼一說，當時學校附近還發生了火災……算了，反正應該沒什麼關係。」

「你覺得絕交的原因是什麼？」

如果杉尾一直如此痴迷地觀察他們，悠紀期待說不定有什麼事情，是只有杉尾能察覺到的。然而，杉尾搖了搖頭。

「到底是什麼原因呢。至少我沒見過他們起衝突。他們沒打過架，就連口角也不曾有。他們就只是在某一天，突然不再互相接觸，僅此而已。」

「有人說是因爲志史去考別的學校，你的看法是？」

「我不這麼認爲，應該不是那麼幼稚的原因。我覺得他們有很纖細的一面，所以應該有些東西，只有他們才能理解。」

最後，悠紀詢問花村的聯絡方式。杉尾表示他現在不知道，不過回家翻翻祖母葬禮上的奠儀名冊，應該就能找到。杉尾答應會用ＬＩＮＥ告訴悠紀後，悠紀站了起來，留下了表示還要再喝一杯的杉尾。杉尾似乎是這裡的常客，悠紀請店員轉交他喜歡的咖啡豆作爲伴手禮——這種程度的話，他應該不會爲此生氣吧——然後結清帳單。

第四章

少女

1

二月十二日，一位身材圓潤的女性喘著氣，比約定時間晚了七分鐘現身。兩人所在的場所是家寬敞明亮的咖啡店，座位在店內深處。咖啡店外頭可以看到JR中央線中野車站前的圓環道路。

「我是花村眞澄。眞對不住，明明麻煩你到附近來一趟，結果我還遲到。」

「不會——」

花村揮揮手，制止準備起身低頭致意的悠紀。

「我在找筆記本。在小暮先生家工作的時候，我會記下今天買了什麼食材，還有晚餐的菜單，或是工作備忘錄。有時也會寫下一些瑣碎小事，我想搞不好會有什麼用處。」

她脫下毛絨絨的外套，一邊喝下服務生送來的水，喝的時候還順便點了去冰的柳橙汁。點單時，她伸手探進布製的托特包，拿出絳紫色的筆記本。她接著在悠紀對面坐下，並遞出筆記本。

「請看，你可以隨意翻，想要的話也能借你。」

「——我是若林悠紀，今天多謝妳——」

「好啦不用客氣啦，聽說你是作家嗎？」

「不，我是自由撰——」

「看起來眞年輕，還像個學生似的。」

花村轉動圓圓的大眼睛。悠紀照慣例遞出巧克力蛋糕和包著謝禮的信封。

「哎呀，眞是謝謝！」

「妳是從什麼時候在小暮家工作，又工作了多久呢？」

「算算可能也有二十年了吧。那是我三十八歲的時候，也就是二十二年前——哎呀，這樣年齡都曝光了。靜人先生的母親因爲肝臟惡化，必須在家靜養，所以人力仲介就來問我。你知道，因爲我有護士資格。於是我就作爲靜人先生母親的護士，踏進小暮家。不過專門做家務的人，也說因爲年紀大了，差不多想退休了。所以靜人先生的母親去世後，我就開始做幫傭了，每週去小暮家五天。」

「靜人先生的工作——」

「他在藝術雜誌上寫評論。雖然可能是沒辦法拿來當飯吃的程度，不過他從美術大學畢業後，去過巴黎還是佛羅倫斯，有過留學經歷——哦，這邊這邊，謝謝。」

花村迫不及待地把嘴貼在吸管上，將照指示去冰的柳橙汁一口氣喝掉一半。

「靜人先生結婚的時候——」

「那是他母親去世的隔年，靜人三十六歲，萬里子二十九歲，理都五歲……他真是一個可愛的男孩，萬里子曾經自豪說，他父親是個啥國家的王族，所以這孩子就是王子。我不知道她是說真的還假的，不過小理都真的像是從一千零一夜的繪本裡跑出來的。」

「萬里子女士是——」

「她是真的漂亮，左邊的臉很漂亮，不過右邊的臉就……嗯，真是遺憾。」

花村身體前傾，壓低聲音——只有剛開始的時候而已。

「我只在這邊說喔，我認為靜人先生和萬里子結婚，是為了小理都才結婚的。萬里子已經不能繼續原先的工作了，對吧？——她原本可是銀座高檔俱樂部的女公關喔——這麼一來，小理都要怎麼辦？我認為靜人先生，而不是萬里子，應該就是帶著這樣的考量才結婚的。他從結婚前就很喜歡小理都，在萬里子發生那種事情之前，好像還曾經帶他去迪士尼樂園。靜人先生很善良，只是有點軟弱，大概是父親那邊的遺傳吧。他母親是小暮家的千金，父親是上門女婿，所以抬不起頭來。萬里子則相反，個性很強。與其說個性，不如說自我很強的人。雖然說，靜人先生就算說客套話，也算不上美男子。他又矮又胖——說是胖也差不多像我這樣而已，不算什麼——頭髮有點薄的地方，本人有點在意，不過外表難道不是最不相關的事情嗎？首先，要說這點的話，萬里子的傷……哎呀，真是的。」

花村終於自制地截斷話語，含起吸管。

「我不認為靜人先生的婚姻不幸福，因為他有小理都。即使沒有血緣關係，靜人真的很愛小理都，小理都也會黏著他喊『叔叔』。去參加學校活動的也是靜人先生喔。發表評論的雜誌停刊後——這點也完全不用愁就是了——他有更多的時間在畫室畫畫，這種時候，他也一定會找小理都。小理都喜歡書，就會抱著書跟在靜人先生後面。他總是會回頭看向萬里子，就像在問『媽媽不來嗎？』似的，那副模樣可眞是惹人憐愛。」

「萬里子她——」

「她會用手噓聲趕人，還故意用右臉示人。這種時候，靜人先生就會默默握住小理都的手。但他終究不是親生爸爸，所以小理都可能也無法完全放任自己撒嬌吧。小理都假日的時候，應該也很想去哪裡玩，但是靜人先生很少出門……他是會上銀座，但是那又不太一樣。靜人先生有時一整天都不會踏出畫室。畢竟畫室有床，有廁所，也有淋浴間。」

「理都據說後來好像變了——」

「是啊。小學高年級的時候，他開始老是呆在自己房間裡，不過靜人先生還是經常叫他去畫室當模特兒，大概是小理都讓他想動筆畫畫吧。要是我會畫畫，我也想畫小理都——不過我畫的話，就會像古代的壁畫，所以我不會動手。對了，說到變了，還有小理都對萬里子的態度。萬里子還是老樣子，所以小理都大概也是死心，不再會一臉悲傷地看著萬里子了。不過就算這麼說，他也從來不曾口出暴言，或是擺出叛逆的態度。」

「國中的時候——」

「他國中的時候，有會一起回家的朋友，我常常看到他們一起放學。對方是個氣質很成熟，有著不可思議氛圍的孩子。小理都從來沒帶他回家作客，大概是顧慮靜人先生和萬里子吧。」

花村發出一陣濁音，吸乾了柳橙汁。

「我想問一下畫室的火災。」

悠紀乘隙終於說出完整的問句。

「哦，那場火災呀。你看看那本筆記本就會知道，剛好是四年前的這個時候——」

悠紀翻開又小又厚的筆記本。

「二月十四日，早上六點半靜人來電……？」

「是啊，我還在被窩裡要醒沒醒，就接到了電話。還想說一大早的發生什麼事，沒想到是小理都因為火災受重傷。我嚇了一大跳，飛奔到醫院。新宿的乾綜合醫院距離這裡還算近，實在是萬幸。靜人先生整個冷靜不下來，應該說，他抓狂了，我沒看到萬里子，還想說當母親的，這種時候在做什麼。我完全沒想到她正在生死之間徘徊。她被燒到掉下來的天花板打到腦袋，然後全身燒傷……去年靜人先生去世的時候，我問過小理都，他說萬里子從那之後一直處於昏迷狀態。我沒聽說她過世，所以現在應該還是那副模樣。雖然這麼說很那個，不過她沒恢復意識，說不定還是一件好事。最難受的應該是小理都，他爲了救萬里子，還變成那樣……」

「理都似乎也住院了三週。」

「沒錯，我只在這裡說：小理都左邊的臉，從眼睛以下到臉頰、下巴、鎖骨，都留下了疤痕。靜人先生爲此悲痛無比，結果反過來是小理都安慰靜人先生。我每天在醫院和宅邸之間來回，拿走髒衣服洗乾淨，給宅邸通風打掃，做便當給靜人先生。因爲靜人先生片刻也不願離開小理都。」

「那場火是萬里──」

「我只在這裡說：那是萬里子自殺未遂。」

不知道第幾次的「只在這裡說」，花村又裝出壓低聲音的樣子。

「靜人的外──」

「他才沒有外遇。他幾乎沒什麼出門，到底要怎麼外遇？」

「確實如──」

「我不能大聲說出來，但這是靜人先生拜託我，要我配合他的說法，讓靜人先生當壞人，讓大家多同情萬里子。這麼做不是爲了萬里子，是爲了小理都。比起親生母親被人在背後指指點點，不如讓沒血緣的父親受大眾詬病比較好。你看，他眞是個善良的人。」

「那麼，畫是……」

「都是小理都的畫，畢竟靜人先生都在畫他。我是沒看過就是了。靜人先生不喜歡別人進他畫室，就連打掃也是自己來。我原本想說辭職的時候，也許能要一幅畫當紀念，不過全都燒掉了……哦？不對，我記得有一幅……對了，有一位畫商曾經來畫室看過。靜人先生畫畫不怎樣，但在評論方面蠻有名的，對方才會因爲這層關係來拜訪——哦，我想起來了。那位畫商一口京都腔。靜人先生好像讓他看了好幾幅畫，不過對方只買了一幅。明明賣掉了，靜人先生也不知道爲什麼，看起來一點也不高興，說捨不得放手。」

「有人看到萬里子點火嗎？只有理都嗎？」

「畢竟是半夜三點喔？小理都待在自己房間，覺得有什麼奇怪的感覺，看向窗簾時，發現窗簾透出異常明亮的紅光。當他拉開窗簾，只見畫室著火了，畫室的窗戶還看得到人影，從剪影辨認得出是萬里子——」

理都的房間在二樓，窗戶朝向庭院。察覺到畫室異常的理都，馬上打開房門大喊。

「爸爸！失火了！快叫消防車！」

他判斷走樓梯來不及，於是直接從房間窗戶離開，沿著樹枝降到庭院。據說理都被樹皮弄傷的手上全是血。

畫室的窗戶是內嵌式，門也鎖著。理都用身體多次撞門，才把門撞開，身上留下嚴重瘀傷。

根據消防單位和警方調查，大火毫無疑問從畫室內部點燃。特別是畫布都被堆放在同一處，燃燒程度很嚴重，推測應該是起火點。

畫室裡除了萬里子以外，不可能有其他人。

畫室的門能從內外上鎖，不過外側的鎖已經壞了一陣子。儘管靜人說「得找時間修」，但因爲沒遇到什麼特別的問題，靜人也不急著修理。

也就是說，只有畫室內的萬里子能夠鎖上門。如果縱火犯在畫室裡，對方不可能在不被理都目擊的情況下逃離現場。

「畫布上似乎灑了一種叫做生命之水的酒。」

「沒錯，我只在這裡說：那些酒是萬里子跟百貨公司的外貿商買的，說是庭院裡有柚子，想釀柚子酒，所以買了一打。那個叫生什麼的酒，聽說好像十分易燃？據說幾乎等於酒精？」

「我只是舉個假設：有沒有可能是靜人自己縱火？」

「靜人先生有什麼理由燒掉自己重要的畫嗎？」

花村意外冷靜地反問。

「就沒有他反過來利用自己不會燒掉重要的畫這點，試圖殺害萬里子的可能嗎？」

「我很了解靜人先生，所以清楚知道這根本不可能，不過當時警方也問了我相同的事情，讓我再回答一遍：當然，如果對方是靜人先生，小理都確實可能會爲了保護他而說謊，但我不認爲靜人先生能夠在滿是酒精的地方放火，再身手敏捷地逃出來，而且還毫髮無傷。」

「他毫髮無傷嗎？」

「大概是小理都或是靜人先生盡力做到的，當消防員趕到的時候，花園裡的灑水器正在灑水。渾身濕透，失去意識的小理都和瀕死的萬里子躺在一邊，旁邊則是穿著睡衣，全身脫力的靜人先生。他因爲在寒冷天氣中全身濕透，猛流鼻水，但就僅此而已。」

語聲鏗鏘地說完，花村接著嘆了口氣。

「只是啊，我只在這裡說：我無法說小暮先生沒有動機。萬里子的行爲實在太過分了。這件事我連警方都沒說——她和公公勾搭上了。」

「公公——」

「公公當然就是靜人先生的父親了，就是那位上門女婿呀。」

「他還活著嗎？」

「當然活著囉。我說靜人先生的母親過世了，但我可沒說過父親過世了，對吧？」

確實如此，悠紀回想。

「他的名字是洋一。太平洋的洋，數字的一。」

「他們住在一起嗎？」

「那麼大的一間宅邸，也沒必要分開住吧。洋一先生還很有精神喔。他和靜人先生的母親是大學同學，兩人還是學生的時候就結婚了——原因據說也是因爲靜人先生的母親，她父親得了癌症，所以想在臨死前看看她穿婚紗的模樣。洋一先生是個踏實的人，雖然成爲有錢人的上門女婿，但一直在當高中的音樂老師。即使退休後，也還在當約聘老師。對，直到那場火災爲止。這一點和一出生就當少爺的靜人先生不同。大概是因爲這一點，他和沒有安穩工作的靜人先生相處得不太好。他們長得也不像，洋一先生是位有點西洋面孔的帥哥。」

「爲什麼他會和萬里子——」

「對對對，就是這一點。就算這房子再大，好歹也是兒子的老婆、自己的媳婦吧？眞是要不得。他們當然會隱瞞這件事，洋一先生不用說，就連萬里子態度上也不敢太明顯。不過大家就是知道，這種事情就是瞞不住。不論是靜人先生，或是小理都都知道。」

「火災發生時，洋一在做什麼？」

「洋一先生容易失眠，那天晚上睡前吃了不少安眠藥。他半夢半醒間似乎有聽到騷動，但爬不起來，直到中午才起床。畢竟他的房間也離庭院比較遠。」

「我以防萬一問一下，洋一有沒有可能是凶手？比如說，他對萬里子的愛情冷卻了——」

「即便如此又怎樣，他謊稱幽會，把萬里子叫到畫室嗎？」

「提議殉情，結果只有自己逃離之類的。」

「就算這樣，他逃的時候也會被小理都看到，小理都會不會保護洋一先生就很說不定了。洋一先生雖然也疼愛小理都，卻是和萬里子外遇，讓靜人先生痛苦的人。」

「洋一現在怎麼了？」

「火災發生後，他住進了養老院。他大概受到驚嚇，一下子就癡呆了。」

「萬里子縱火動機是什麼？」

「我想自從硫酸事件之後，她內心就一直有想死的念頭。你看，她還爲了生活，嫁給一個連愛都不愛的對象。她和洋一先生的外遇，不過是點發洩，並不是爲了愛情。所以她才在小理都高中三年級，只剩一個月就畢業的時候，突然理智斷線——我是這麼想的。」

「可是她爲什麼要燒理都的畫呢？」

「那就代表她有多恨靜人先生。」

「這不是有點沒道理……」

「畢竟靜人先生沒能讓她幸福，不是嗎？女人就是這樣不講道理。別看我這樣，我也還是個女的，我也不是說我完全不了解萬里子的感受。」

花村莫名感慨地點點頭。

「在小理都出院之前，靜人先生就請我回去。靜人先生想來是想和小理都兩人，不受任何人打擾地安靜過活吧。我雖然很擔心，不過小理都的狀況也穩定下來了，再怎麼說也是別人的房子。我一從新聞聽說靜人先生的消息，吃驚地打電話給小理都時，他說他嚴正謝絕奠儀和弔唁，而且他對每個人都這麼說。我只在這邊說喔，靜人先生沒辦葬禮，就在只有小理都一人在場的情況下，悄悄送去火葬了。骨灰葬在小暮家的祖墳。畢竟是那麼大的豪宅，遺產繼承那些想來也很辛苦。相對於不諳世事，什麼都不懂的靜人先生，小理都從高中的時候就一直在努力學習，資產管理和稅收的事情都一手包辦。我相信他一定能做得很好吧。」

2

小暮理都　二十二歲　無職

〈家庭〉

父親——不詳　阿拉伯王室？

母親——萬里子　銀座高級俱樂部的女公關時代認識小暮靜人。遭人潑灑硫酸，右半邊臉被毀容（懸案已過時效）。與靜人結婚。

四年前的二月十四日，在自家所有地內的畫室縱火，企圖自殺，被理都救出，自殺以未遂告終。動機不明。到現在為止，一直在西新宿的乾綜合醫院，處於昏迷狀態。

養父——靜人　曾經是美術評論作家，但無固定工作。熱中在自家畫室描繪以理都為模特兒的畫作。

去年八月十三日，於自家浴室溺水身亡（推測為意外死亡）。

養祖父——洋一　與萬里子有染。前高中音樂老師。癡呆症發作，目前住在養老院。

〈年譜〉

五歲　母親結婚。成為小暮靜人的養子。

令學館小學入學．畢業

令學館國中入學

一年級　與立原志史相識。

與志史進一步相交。

二年級　十一月　令學院國中縱火事件。

三年級　十二月　與志史決裂。

　　　三月　畢業典禮後，剪碎志史的領帶。

令學館高中入學

一年級

　　　冬　加入文藝社。

　　　　　文藝社抄襲事件。燒毀作品集的校樣本與USB。

三年級　二月十四日　凌晨三點左右，自家畫室發生火災。母親萬里子陷入昏迷，自己也嚴重燒傷。

　　　三月　畢業（學校維持缺席）。

二十一歲至二十二歲（高中畢業後第四年）

去年　八月十三日　深夜一點至兩點，小暮靜人於自家浴室溺斃。

　　　十一月十日　凌晨五點至五點三十分左右　立原恭吾遭人勒斃。

今年　一月二十二日　晚上十一點，齊木明在所有權人為理都的公寓建築工地墜樓身亡。判定為自殺。殺害恭吾的犯人是齊木，因嫌疑人死亡而不起訴——

悠紀將手從鍵盤上移開，拿起放在電腦旁的馬克杯，喝下已經由熱轉溫的咖啡。他因為想喝點甜的加了砂糖，但加得太多了。

——小暮理都——

眾人口中故事串連而起的少年形象微妙失衡，與志史有些相似。

他有著被潑了硫酸，美麗容貌遭受慘烈傷害的母親，以及沒有血緣的養父。母親和養祖父在同住的大宅子中發展出外遇關係。自己親生父親是身分不詳的外國人，在世人眼中是「女公關的私生子」。

在扭曲家庭環境中遍體鱗傷的理都，在家庭之外大概也遭受無端的歧視。此外，他那充滿異國情調的外貌，使理都在稱為學校的封閉團體中遭到孤立。

他的心情和志史懷抱的孤獨產生了共鳴。他們彼此分享憤怒與悲傷，互相敞開堅硬的心門——他們向對方傾訴一切，也只向對方傾訴。

緊密交纏的線為什麼斷了？國中三年級的十二月，兩人發生了什麼事？

悠紀操作錄音機，找到和奈緒的對話，按下播放。

「……第一次交到的唯一好友，毫無疑問會和自己去同一所高中，結果對方卻考了其他學校的入學考試。你要是知道了，不會傷心嗎？不會失望嗎？不會覺得遭到背叛嗎？……」

「……儘管他理智上清楚立原同學對此無能爲力，小暮同學心中純粹與青澀的部分，也無法原諒他……」

悠紀隨手快轉聆聽，然後來到火災的部分。

「……附近的公寓也發生了火災，死了一對夫婦，只有小孩得救……」

杉尾也提到了這場火災，時間點恰逢兩人「絕交」的時期。悠紀輸入年分、城鎮名稱、夫婦死亡等關鍵字進行搜索，發現八年前十二月的新聞報導。

一日晚間十一點左右，根據當地居民報案，文京區的一間木造公寓發生火災。約兩個小時後大火遭到撲滅，但二樓一間約二十平方公尺的房間被燒毀，在燒毀的房間中發現了男女二人的屍體。屍體被認爲是住在這個房間裡的寺井玲美（二十八歲）和她的同居人井上大雅（三十歲），警方正在調查起火原因，並確認他們的身分。寺井的長女怜奈（十歲）獨自逃離，腳部等雖然受到輕傷，但無生命危險。

悠紀繼續調查，發現起火原因是井上亂丟菸蒂，而倖存的女兒怜奈遭到這個男人和她的母親虐待。所謂的自行逃離，其實是被趕出家門，而且還是在十二月的夜晚。

幸好她因此倖免於難，免遭波及。

悠紀還查到曙杉公寓這個公寓名稱和詳細地址。從地圖上來看，公寓位在令學館國中附近的小巷裡。除非不從校門口直接前往公車站，而是選擇胡亂大繞遠路，不然不會經過這裡。

志史和理都的回家路上，住著一個名叫怜奈的女孩。

怜奈疑似每天都遭到母親和她的同居人虐待。

怜奈的房子發生火災，她的母親及其同居人去世，志史和理都在事件發生前後決裂。

志史和理都共同創作的故事中，登場人物的名字叫鈴奈。

悠紀覺得有些焦躁。這些事實確實有著某種聯繫，但他不知道是什麼。

缺乏邏輯上的一致性——至少目前如此。

悠紀在追逐理都這個名字的時候也是如此。他摸索著像花瓣一樣，勉強重疊在一起的事實片段，終於追尋到確實存在、活生生的小暮理都。

悠紀心中萌生想與理都會面的強烈念頭。

不過在那之前，他想盡可能先蒐集情報。

他知道理都的住處，也知道他每週都會造訪乾綜合醫院，想來不須急在一時。

悠紀再次聯絡花村眞澄。火災距離令學館國中部不遠，也就是說離小暮家也很近，說不定在花村的守備範圍之內。關於曙杉公寓的火災與怜奈的事情，悠紀也許能從她口中聽到「只在這裡說喔」的消息。

「曙杉公寓？」

花村一開始的時候，露出毫無頭緒的反應。

「是一間約七年前發生火災的公寓。」

「哦，你說曙莊啊！你講公寓什麼的，害我沒想到。我認識那邊的房東阿伯。哦，對了，他說過他改了名字。因爲分遺產，把一半的權利過到妹妹名下，還順便把外面也整修了一番，改了個時髦的名字。房東阿伯原本要直接取名叫曙公寓，結果他妹妹想要加上自己的名字，好證明自己擁有一半所有權，所以才變成曙杉公寓了。那棟公寓當時屋齡都不知道有沒有三十年了，那裡一樓和二樓各有五個房間，總共十個房間。公寓總是有一半都空著。不管外觀再漂亮，房間牆壁的油漆刷得多厚，問題還是一堆：像是供水設備老舊，水管會裸露在房間內，還有地板重鋪了，但隔間是用拉門隔開，就算關上拉門，還是會有空隙……這都是住一樓的老太太說的。」

電腦桌上的手機，滔滔不絕地冒出花村的聲音。悠紀現在把手機切成免提，好用錄音機錄音。語聲中斷，傳來啜飲茶水之類的聲音。

「我想問關於起火的那間房子。」

悠紀把握時機，出聲詢問。

「好像是一對年輕夫婦和一個十歲的女孩——」

「不是，他們才不是夫婦，不過是個吃軟飯的賴在女人房間裡而已。女方是一個天真純樸，簡直像剛出貨的蘋果一般的女孩，而且還不是高級蘋果，是那種有碰傷的。她在宅配公司工作，自己一個人養小孩。聽到這樣，房東阿伯一開始很同情，還會分米給她，房租遲交也不會催。不過她好像被公司開除，不知何時就開始在小鋼珠店工作。這倒是還好，問題是她開始和小鋼珠店的客人同居，而且還是一看就有問題的小混混。」

花村一口氣講完，又喝了一口茶。

「我知道愈多，就愈不忍聽下去。你看，蘋果姑娘白天要出去工作，然後那個男人就說礙眼，把小孩趕出去。哪怕外面是熱是冷，颳風還是下雨，他一概不管。小孩還光著腳。沒穿鞋也不能去任何地方，就這樣可憐兮兮地在門前坐了幾個小時。一樓的房東阿伯和老太太看不下去，跟蘋果姑娘說，但是她也只會畏畏縮縮地回『這樣啊』和『我很抱歉』，不是什麼抱歉不抱歉的問題啦。討男人歡心竟然比自己的小孩還重要，腦袋真是不知道在想什麼。小孩好像也沒好好洗澡，穿的衣服也和季節不對，又皺巴巴的，怎麼看都是虐待兒童，所以我就叫他們檢舉。不過他們兩人事到臨頭都怕了起來，再怎麼說，還是會怕那個吃軟飯的。」

「說得也是，特別是住在附近的話，也要考慮會不會遭到報復。」

「我是能夠理解啦，所以我才打電話給兒童福利中心。政府機關的人來過一次，不過那種人就是關鍵時刻特別會躲，小孩也被藏起來。我也沒辦法再做更多了。火災的原因聽說是吃軟飯的在床上抽菸。我那時就想：我就知道。畢竟他是個大菸槍，不管講幾遍，扔然老把菸蒂丟到窗外。聽說阿伯掃地的時候，還曾經有沒熄掉的菸蒂落到腳邊，要是菸蒂掉到他那個光溜溜的頭頂，那可就不妙了。那一晚，小孩不是又被趕出去了嗎？把小孩趕出去，兩個人不知道在幹什麼好事。眞是可憐唷，冬天晚上那麼冷。不過小孩也因此得救了，算是因禍得福吧。被燒死的兩人是自作自受，因果報應啦。事後知道那孩子的年紀，我整個嚇一跳。說是十歲了！畢竟小孩看起來沒有去上學，看起來完全不像十歲。想來是營養不良。阿伯好不容易才整修了公寓，結果卻發生火災，還出了人命，讓他沮喪得很，眞是可憐。不過我只在這裡說喔，那個地方最後連同土地順利賣出，大賺了一筆。」

悠紀深感佩服，認眞思考是不是該向透子推薦花村當調查員。

「那個小孩後來怎麼了？」

「應該被哪個設施帶走了吧？我也不太清楚，不過有問題的小孩，能照顧的人應該有限吧？」

「有問題？」

「她眼睛看不見。」

「咦。」

悠紀頓時說不出話。

——盲眼少女——鈴那——

「哎，不論是誰都很吃驚。我也沒想到竟然有人會把這樣的小孩趕到外面。我是在火災後才知道的，房東阿伯和一樓的老太太都沒說過這件事。要是我知道了，福利機構的人來的時後，就會多做點什麼了。」

「妳對理都說過那個女孩的事情嗎？」

「我也不確定，我好像有說過。不過小理都那個時候，開始不太聽我說話了。但是我見過好幾次，小理都在放學回家的路上和她說話。房東阿伯的房子就在公寓對面，我去那邊喝茶的時候，可以從窗戶看到公寓。」

「理都一個人嗎？」

「不是，他朋友也和他一起。我說過吧？就是那個有特別氣質的男孩。」

志史、理都和怜奈有接觸過。

——即使如此——又怎麼樣？

彷彿不管怎麼拼上拼圖，都無法完成的拼圖遊戲。

隨著拼圖增加，就愈看不出完成的模樣。

第五章

旋律

1

二月十三日，悠紀到訪公園，一方面也是爲了把太過偏向理都的方針，修正回志史身上。找到怜奈這個接點是收穫，但僅止於此。

齊木明似乎曾經出沒在立原家附近。考慮到步行到立原家的範圍，以及過著那種生活的人能融入其中的地方，悠紀一邊放大地圖，一邊思索，選定幾間美術館和博物館所在的這座公園。

儘管遊民號稱已經從東京的公園裡消失，悠紀在雕像周圍和廣場上走動時，草叢間還是有許多藍色膠布的帳篷。

悠紀從在帳篷外與貓玩耍的男人，以及正在仔細清掃落葉的男人開始詢問。他打算從比較好搭話的對象下手，但調查沒有預期般順利。

悠紀帶了兩張照片，分別來自嫌疑犯死亡的新聞報導，以及網上找到的劇團傳單。在傳單上，角色名和藝名寫在橢圓形的臉部照片下方——魔幌（冴木明）

不知道齊木扮演什麼角色，照片中的他戴著一頂長長的金色假髮。儘管有化妝，又是二十多年前的照片，但悠紀認爲這張照片很好地呈現出齊木這個男人的內心。

「哦，我知道他。小幌哥嘛。」

戴著針織帽，半張臉留著灰色鬍鬚的男人笑著點頭。他從悠紀手中接過熱呼呼的罐裝紅豆湯，黃色門牙間有明顯縫隙。

「他的本名是齊木明。」

「他在這裡自稱『魔幌』。我不知道他的本名。這裡沒人在乎。」

看似五六十歲，也可能比想像中還要年輕的男人，用自暴自棄的口氣回答，指著悠紀手裡的傳單。

「這樣啊，除了我以外的人都說不知道？都是先拿了錢就裝死？那可眞是節哀順變啊——我就是抗拒不了這個。這位小哥，算你走運啊。」

男人打開罐裝紅豆湯，喉嚨咕嘟作響地喝下了裡面的東西。

「駐紮在這裡的傢伙，沒人不知道小幌哥啦。他人很大方，又是個還算不賴的男人。就各種方面來說，不少人都看上他。」

「他有那麼多錢嗎？」

「明明沒在工作，爲什麼會有那麼多錢呢。哎，反正我也想像得出答案——我知道小幌哥已經嗝屁了。」

「他自殺了。」

「假的啦。」

「嗯?」

「他是被殺的啦。」

看似膽小謹慎的男人,眼中頭一次瘋狂閃著光芒。

「靠那種方式賺錢是不行的,逼得太緊的話,對方自然——」

「他是在恐嚇人嗎?」

「那天晚上,他也是出門去『約會』了,就此沒再回來。」

「和誰約會?」

「當然是他的金主囉。他說要去搭公車,還在寒風中洗了身體,穿上時髦的毛衣,莫名開心的樣子。」

划船池旁的馬路是公車道,經由立原家所在的千駄木,開往齊木墜樓現場方向的公車也會經過。

如果「約會」對象是志史呢?

五月司法考試考完——特別是九月通過之後,恭吾的管教變鬆,志史應該可以自由行動。

齊木難道不是因爲要和志史見面而「開心」嗎?

雖然這樣的想法可說是一廂情願到了極點，不過齊木對於要和成長得萬分出色的兒子碰面，說不定心中充滿驕傲。他清洗身體，應該也是多少顧慮到志史。

去年夏天起，貌似齊木的男人多次在立原家附近被人目擊。想成他和志史有接觸，應該是自然的想法。

齊木難道不是想見志史嗎？他並不是像男人所說去恐嚇，而是可悲地想見自己兒子。

至於志史——即使數量不多——他說不定在給齊木錢。

他一點一點讓齊木安心，對他懷柔，直到時機成熟，他就這麼說：只要恭吾一死，四分之一的遺產就會歸身爲養子的自己所有，這樣就能提供更多金援。

志史把恭吾的散步路線告訴齊木，還告訴他十一月十日那天，恭吾很可能比平時更早，在天色還沒亮的時候出門遛狗。

志史操縱齊木，殺害了恭吾。悠紀忍不住覺得這個想法，似乎遠比齊木懷恨而單獨犯下罪行，更來得有眞實感。

這是對恭吾的報復，也是對齊木的報復。這是志史對兩位父親的復仇。

最後志史把完成任務的齊木叫到工地，然後……

「怎麼了？看你臉色不太好。」

男人湊近悠紀的臉。一股難以忍受的臭味撲鼻而來，讓悠紀幾乎皺起眉頭。

「沒事，沒什麼。你還有注意到其他關於他的事情嗎？任何事都好。」

男人扯了扯土黃色的乾燥下唇。

「他一喝醉就會炫耀兒子。他說他有個孝順的兒子，以後會一起住在好公寓。」

「公寓……」

「我就聽聽，跟他說太好啦。畢竟我們都得靠妄想來騙騙自己。」

「你見過這個人嗎？」

悠紀亮出手機螢幕，上面顯示著志史的照片。在恭吾的葬禮上，大姊的丈夫拍了很多照片。悠紀從發來的照片裡，選出面朝正面的照片並放大。

「……不，我沒見過。」

男人連看都沒仔細看，就直接搖頭。

悠紀禮貌地道了謝，遞給他裝著禮金的信封。

齊木明死於一月二十二日晚間十一點前後。一名路過的男性上班族見到齊木進入建築工地，聽到一聲短促的尖叫和撞擊聲。

然而那個時候，他就這樣離開了。他並沒看到現場。現場據說沒有打鬥痕跡，但在鷹架上工人難以特定的紛亂腳印中多添一組腳印，想來也不會有人發現。志史用不著打架，他大可靜靜等待之後伸手一推，避人耳目地離開現場。

根據剛才男人的說法，齊木去見志史的可能性很大，因此很難想像他有自殺意圖。他沒有理由特地搭公車去自殺——不過反過來想，他也可能見到志史後絕望。

例如，志史指責他童年時代所受的虐待。

志史懷著冰冷的態度鄙視齊木，不管齊木盡多大努力賠罪——雖然很難想像他會這麼做——都加以拒絕。

希望就在眼前，卻被志史毫不留情斬斷——

悠紀不認爲齊木個性有這麼老實，但現階段還無法排除自殺的可能性。志史煽動對方自殺的可能性也還存在。

此外，還需要考慮志史是否可能行凶。一月二十二日晚上十一點，志史是否有不在場證明……

悠紀坐在漂著天鵝船的池旁長椅，拿出手機。

「——是的，這裡是立原。」

悠紀原本打算致電給高子，沒想到是志史接電話。出乎意料，悠紀一陣動搖。直到志史的聲音在撥號音後響起爲止，他都忘了這支登記爲「高子阿姨」的號碼，是立原家的室內電話號碼。高子有一臺陽春的手機，但她說不喜歡用手機通話，只拿來收發簡訊。

「啊——我是若林悠紀。」

「原來是悠紀，前幾天家母承蒙關照了。」

「我才是承蒙款待。」

「家母好一陣子沒出席如此盛大的場合，又能和你說上話，讓她相當開心。」

志史態度彬彬有禮。他不帶半點笑意，道出禮貌的社交辭令，卻又不至於禮貌得過於虛僞。令人納悶到底是怎麼樣的技術。

「志史，你現在有時間嗎？」

悠紀改變了主意。他難得有機會和志史交談。

「怎麼了？」

「一月二十二日晚上，你在哪裡？」

「一月二十二日？」

「齊木明摔死的那個晚上。」

「你還在玩偵探家家酒嗎？」

志史發出像月光般透亮的聲音，彷彿在情感包裹上柔軟冰冷的絲綢。即使是面對面交談，悠紀也無法捕捉到一絲波動，如今隔著電話，悠紀更是無法掌握他的心思。

「你眞是被——」

此時，一臺摩托車從樹林後的馬路疾駛而過，引擎發出巨大噪音。志史的聲音被引擎聲蓋過，但還是明確地傳進悠紀的耳朵裡：你眞是被寵壞了。

悠紀自己也覺得難以否認。傷勢已經痊癒，父母也放任悠紀做自己想做的事，讓他對兩人充滿感激。

——沒錯，已經六年了。

自從那孩子過早地離開人世，已經六年了。悠紀的生活從此改變了方向。

如果沒有那件事，悠紀就不會在透子的事務所工作，高子也不會要求他進行調查。那件事是分水嶺。儘管進入父親的公司，好像讓悠紀重回原來的人生軌道，但悠紀已經被與以前不同的水流捲走。

如果是以前的自己，悠紀早就撒手退縮。不是放棄追查，而是因爲覺得與自己無關。就像悠紀對那個孩子一直擺出的態度。

悠紀猜想現在自己仍在追查案子，可能是對那孩子的贖罪。

當然志史不是那個孩子。即使悠紀向志史伸出手，也無法傳達給那個孩子。更何況悠紀別說那個孩子，就連志史也救不了。

——說到底，我可能只是想拯救救不了那個孩子的自己，悠紀心想。

「下個月底我會回到橫濱，到家父的公司上班。」

「我相信若林姨丈也會很高興的。你看來已經完全恢復精神，眞是太好了。」

從志史的口氣，聽不出他是諷刺還是眞心。

「齊木爸爸跳樓大約是在晚上十一點，當時我和島田夕華在一起，人在你和她談話的那家家庭餐廳。」

「青麥的那位女性？」

沒想到在此時聽到這個名字。

「我聽說你們分手了。」

「給她藉口聯繫我的，不就是你嗎？」

「你之前眞的和她交往？」

「肉體上沒錯，精神上沒有。」

牛蒡愛好者——悠紀突然想起這個稱呼。

志史喜歡又黑又瘦的人嗎？

難道不是因爲和小暮理都的外貌重疊嗎？

「能請你別再向她確認了？這樣又會讓她找到藉口。你想查，可以問竹內先生。」

「竹內？」

「家母沒跟你說嗎？他是轄區的警探，負責此案。我是立原爸爸和齊木爸爸案子的嫌疑人之一——因爲不論哪邊我都有動機。他們調查了我的不在場證明。我和夕華從一月二十二日晚上十點，到十一點半過後，一直在那間家庭餐廳。餐廳的監視攝影機和店員應該都能證實我沒去現場。公車司機也作證表示齊木爸爸是在公園前的公車站搭上末班車，他是在現場附近的公車站下車，照時刻表的話，應該是晚上十點四十九分。」

「聽到你這麼說就可以了，希望沒讓你不愉快。」

「要我把電話轉給家母嗎？」

「不用了，我只是要問這些。」

「這樣嗎。那麼——」

「志史，」

悠紀情不自禁地喊了他的名字。

「還有什麼事？」

「你喜歡過人嗎？」

「怎麼這麼突然？」

「你的初戀是什麼時候？」

爲什麼自己要問這樣的事情？而志史明明大可不回答，卻還是回答了悠紀的問題。事後悠紀多次回想起此刻。

「是十二歲的時候。」

志史回答後，電話就掛斷了。

悠紀長長地吐了口氣，握著手機的手放在腿上。

和志史說話比和陌生遊民說話要緊張得多。就算不見面，感覺也會被那雙眼睛看穿。

志史有不在場證明。志史殺不了齊木。

那麼——小暮理都呢？

彷彿生活在水底的貝殼稍微張嘴呼吸，升起的氣泡最終在水面上破裂，一個浮起的疑問在悠紀的胸口炸開。

理都的話，不就做得到嗎？

志史指定日期、時間和地點，打電話給齊木，讓理都等他出現——

——這不過是妄想。

另一個自己像是要戳破氣泡似地大聲反駁。

現在扯到理都，連臆測都算不上，只是妄想。此外，兩人在國中時鬧翻了。他們的同學異口同聲地證明了這一點，田村奈緒還親眼目睹理都在畢業典禮時剪斷志史的領帶。

——接下來的七年，他們是否一直處於「決裂」？

他們有沒有可能在某個地方相遇，並恢復了友誼？

升入青成學園高中的志史，在恭吾的允許下重新開始學琴，但他不是去教室，而是請一位之前就教過志史，名叫吉村慶子的老師來立原家授課。據說授課是每週一堂課，以不會影響課業範圍爲前提，只要成績一變糟就停止。

除此之外，志史沒有參加任何課程或社團活動。恭吾不讓他參加。他也沒去補習班或預備學校。雖然可以說優秀的志史沒必要，但恭吾就是把志史綁得這麼死。

此外，在志史上大學前，志史除了上課用的學校專用平板，沒有手機或個人電腦。當他需要的時候，就須向恭吾借，並在恭吾眼前使用。

除了上學，志史唯一算得上外出的時刻，就是每月一次的志工活動。據說是訪問殘疾兒童設施，彈奏鋼琴或和小孩一起玩。

假使志史有微薄的零用錢，也許還能在往返的路上找個網咖，但他連這點都做不到。考慮到這一點，至少在志史進入大學之前，他們倆人無法聯繫。

理都又如何呢？他在高中畢業前，被一場大火嚴重燒傷。他之後在做什麼，日常生活又恢復到什麼程度呢？

……火……理都的燒傷……

突然想到一事，悠紀查起四年前映陵大學法學系的入學考試日期，那天是二月十二日。

小暮家的火災發生在二月十四日黎明前。國立大學第二次考試是在二月底。

映陵大學入學考試——火——國立大學第二次考試。

志史順利考上了映陵大學，然而他沒能考上第一志願的國立大學。考試無法預測，但志史的模擬考成績在國內一直名列前茅，沒人想過他會落榜。

兩次考試之間是小暮畫室的火災和理都的燒傷。

這不就是志史考試失敗的原因嗎？高子說志史當時正在服用安眠藥，但失眠的原因是一樣的嗎……？

他們兩個果然已經在高中時期和好了嗎？

什麼時候？在哪裡？

不……說起來兩人眞的「決裂」了嗎？

2

悠紀決定去見吉村慶子，因爲儘管只有每週一次，她依舊是除了家人以外，與志史接觸時間最長的人。

從美奈子再婚，志史在石神井的三田家度過六歲到十二歲的六年，加上約三年的空白期之後，高中到大學二年級的五年。整整十一年，她一直在指導志史。

家住練馬區藤見台車站附近的慶子，離石神井很近，但要到千駄木的立原家，就需要轉乘兩次車，路程需要一個小時。當初問她願不願意來再次教志史彈鋼琴，她爽快答應，表示學生是志史的話，她非常樂意——悠紀曾從高子那裡聽過這樣的故事。

朋友正在尋找鋼琴老師，爲她的孩子提供私人課程，悠紀向美奈子撒謊，問出她的聯絡方式。她目前正在教美月，並在家裡開設鋼琴教室。悠紀撥打拿到的號碼，表示自己是立原恭吾的侄子，正在調查他的案子，並老實地告訴她，想問問關於志史的事情。

她最初很謹愼，但交談後逐漸信任悠紀，成功約好見面。

二月十六日，悠紀在池袋百貨公司的咖啡店和慶子碰面。慶子已經四十歲過半，五官鮮明的長相，讓她十分適合短髮。

悠紀遞出從美奈子那裡打聽到的慶子愛吃羊羹，閒聊起美月鋼琴的進展，和洸太郎沉迷足球不想彈鋼琴，接著切進志史的話題。

「一開始，志史媽媽十分積極。我記得媽媽也是音樂大學畢業的，我想她自己應該就能教，不過她說不想讓小孩養成奇怪的習慣，所以想讓小孩認眞學琴。我的感覺是她想讓小孩正式學鋼琴。她擔心六歲才開始會太晚，確實不能算早……應該算起步偏晚，不過志史馬上就超越大家。據說他只要沒人管，就會一整天都坐在鋼琴前。志史還在讀小學的時候，就會自己寫譜作曲。雖然低年級時的作品還有些傻氣，但到高年級，他已經開始寫出可以稱爲奏鳴曲的樂曲。志史當初因爲家庭因素被爺爺收養，中斷了課程，眞的是很惋惜。聽到他想重新上課，我眞的很高興。奶奶好像覺得很不好意思，不過單程一小時眞的不算遠。」

「缺席將近三年，有什麼影響嗎？」

慶子的嘴唇離開冰茶吸管，露出有些落寞的神情。

「不可能沒影響，但這是早就知道的事——當初志史連考國中也沒休息過，所以我眞的覺得很可惜，但我已經放下了。」

「放下……」

「我認爲要是志史全力投注在鋼琴上，他曾經可以成爲一流的演奏家。」

慶子用過去式，意味著這已經無望了……想來也是，音樂的世界可沒那麼簡單。

「志史似乎一直把桌子當琴鍵，不停訓練手指，所以手指僵硬的問題不到我擔心的那樣。只是琴技愈高，影響也愈大。不過他現在好像要繼承爺爺的事業當律師，這也是莫可奈何的現實。」

「說不定比起當律師——雖然還沒確定——志史更想成爲一名鋼琴家。」

「高一還是高二的時候，志史曾經問我，從技術上來說，他是否能夠上音樂大學。雖然我想他不是認眞的。」

不是認眞的——眞是如此嗎？

「音感、琴技都沒有問題——當然，要參加考試的話，還需要多加練習——樂理方面，只要有準備，我想志史也能輕鬆克服。於是我這麼回答：只要接下來認眞準備，不論哪間學校，你都考得上……只是，雖然沒問題，但你要繼承爺爺的事業吧。」

慶子毫無惡意的話語，讓悠紀一陣心痛。

「重新開始教志史鋼琴之後，我發現他技術上沒有變差，但琴音改變了。」

「琴音？」

「是的。」

慶子在桌面交握雙手。以女性而言，她有雙指節分明的大手。方形指甲修得又短又齊。

「怎麼樣的感覺？」

「這是很感性的部分，我不確定是否解釋得好，但是……就像被拔去了翅膀。還在石神井的時候，志史彷彿十隻指頭上都長著翅膀。他彈出的琴音就像張開翅膀，自由翱翔，直拔雲霄。只要志史開始彈奏，琴鍵就變成無垠的天空。這是志史的特色，也是他最有魅力的地方。」

悠紀覺得自己明白慶子的意思。他聽過志史在演奏會上的演奏，至今仍留下深刻印象。

「不過這只是喜好問題。如果你沒聽過志史以前的鋼琴——如果你從一開始就認為這是志史的琴音，就會覺得很棒。彷彿在玻璃盒中彈奏的聲音……細膩完美卻脆弱無比，銳利得幾乎令人屏住呼吸……就算有老師反而比較喜歡這種琴音，也完全不奇怪。不過我會那麼說，終歸是因為我自己對於志史琴音的改變，感到非常遺憾。如果他的琴音仍是在石神井時的樣子，我可能就會抓著志史說的那句話，想辦法說服他爺爺答應。」

慶子不可能說服恭吾。整件事只會用他斥責志史，禁止學琴作結。不過即便如此，悠紀覺得如果慶子這樣做了，志史不知道會有多麼高興。

儘管以志史的個性，他不會表露出來，但在他的內心，不知道會有多感動。

「聽奶奶的說法，爺爺十分嚴厲，他每天只准志史在鋼琴前待一定時間……但是……請不要告訴任何人，其實不只如此。」

「妳的意思是？」

「因為上課的日子，志史總是完美地完成作業，讓我很佩服。我跟他說：課業那麼辛苦，你真是了不起，這樣子根本沒時間玩吧。志史回答他本來就沒有玩樂時間，不過高中的音樂老師願意把音樂室的鋼琴鑰匙借給他，讓他自由彈琴。所以每天午休和放學後——直到社團活動開始為止——他都可以練習。沒有社團活動的日子，雖然不能太晚，但還是可以彈一個小時左右……請問，這種事情，和志史爺爺的案子有關係嗎？」

在從池袋到駒込的山手線列車上，悠紀用手機打開青成學園的網頁，上面沒有老師介紹。悠紀再加上「音樂老師」搜尋時，找到在校生媽媽的部落格。時間是五年前，志史在學期間。

部落格上的文字是「我家孩子似乎是管樂社社員」，還配了一張從遠處拍攝舞臺上所有成員的合影。拉小提琴的學生側面特寫——臉用金色的星星遮住了——應該就是「我家孩子」。

除此之外，還有張指揮滿富情感地揮起指揮棒的照片——穿著黑色禮服的修長背影，配上濃密的灰髮。照片的說明文字打碼一個字「永遠成熟迷人的小〇老師」。

在駒込車站下車，悠紀等不及回家，就打電話給花村。

「不好意思，我想問一下小暮理都爺爺的事情——妳現在方便嗎？」

悠紀一邊走一邊說。

「哦，你好。好呀，沒問題。想問什麼事？」

花村以近乎歡快的語氣回應道。悠紀一時記不得第一次見到花村時，他是自稱在調查哪起案件，但幸運的是花村並不在意這些。

「妳說他是一名音樂老師，他是在哪所學校教書？」

「嗯……叫什麼來著，是一所升學學校，還是私立的。最有名的就是每年都有很多學生考上日本最難的大學。」

「──青成學園嗎？」

「對對，青成學園！」

「他現在在哪間養老院？」

「我想想，不是神奈川縣的……鎌倉，應該是葉山……我有看過宣傳小冊，印象中是個好地方。我也想住住看。對了，名字啊，你稍等一下。我有寫在筆記本上。呃……筆記本在哪呢……」

「琴風莊」這個名字，不知道是以風聲有如琴音的山莊爲發想來源，還是將遠方的潮聲比擬成琴音。

空氣中蘊含著海潮的氣味。要從逗子車站到琴風莊，只能搭計程車。如此一來，交通實在稱不上方便。不過地處偏僻，這裡相當幽靜。樹葉摩娑和海浪拍打，在耳中愉快地迴響著。琴風莊是三層樓米色建築，一樓面向草坪的一側，呈半圓形突出。挑高的大廳明亮溫暖。

二月十七日，這天陽光明媚。即使在寒冷的空氣中，悠紀隱約感覺到春天的氣息。拜訪自然不能兩手空空，因此悠紀買了兩盒大顆草莓，來到這間高級養老院。櫃臺後戴著眼鏡的女性向悠紀露出微笑。

「我叫若林，想找小暮洋一老師——」

悠紀說著出示自己的駕照。他昨天假裝青成學園的學生申請探望。

「要找小暮先生的話，剛剛他親人的孩子才來，他們到庭院散步了。」

「親人的孩子？」

悠紀大爲吃驚，會是理都嗎？

「對方經常來嗎？」

「最近每週都來，你要等嗎？」

女性示意的半圓形空間有整面落地玻璃，寬綽地擺著幾張古典的布沙發。空無一人的模樣，就像是主人不在的豪華客廳。悠紀一邊想著，同時搖搖頭。

「我去庭院瞧瞧。」

可以見到理都——

這是大好良機。悠紀不知道理都會不會搭理自己，也不認爲他會說出眞相。即使如此，從表情和話語間的沉默，應該讀得出一些深意。

不僅如此，光是和理都見面，就有難以衡量的意義。

悠紀沿著步道走，只見早開的櫻花綻放著將近緋紅的深粉紅色花朵，一旁的長椅上坐著一位老人。陽光映在老人純白的髮絲，即使隔著一段距離，也看得出他有著輪廓深邃的側臉。他穿著磚紅色外袍，腿上蓋著米色毯子。

老人身邊有人坐著，但被老人遮住，悠紀看不清楚。

悠紀先停了下來，深吸一口氣，他打開大衣口袋裡的錄音機，走向長椅。

「──小暮老師。」

老人──小暮洋一──宛如生鏽般轉過脖子。

旁邊的人起身，往前踏出一步，望向悠紀。

對方不是理都。

那是一名少女，約高中生左右年紀。嬌小纖細的身體裹著象牙色的粗針織外套，圍著同色圍巾。膚色白皙透亮得有如毛線色彩。

尖下巴的小臉上，鑲著細長眼眸和薄薄嘴唇。即使留著垂腰長髮，依舊隱約散發著中性的氣質。

難以捕捉焦點的淡色眼珠，以及不會聯想到性的透明氛圍，使少女宛如妖精。

她是靜人兄妹姊妹的孩子嗎？除了幼時被殺的雙胞胎弟弟，悠紀沒聽說過靜人有兄弟姐妹。

「妳是老師的孫女嗎？我是若林，在青成學園承蒙小暮老師關照。聽說老師在這裡，所以來拜訪老師。」

「謝謝你特意前來。」

少女用與她年齡不符的姿態，禮貌鞠躬。

「我剛好有事來到附近。」

「可是……若林先生是從誰口中聽到的？我想沒多少人知道爺爺在這裡。」

「我認識在老師府上幫傭的花村女士。」

這一點倒不完全是謊言。

「這樣呀。」

少女握住洋一擱在毛毯上皺巴巴的手。

「你認得嗎？他是你以前的學生，若林先生，青成學園的。」

洋一眨動淺色眼鏡鏡片後的雙眼，一臉不可思議地注視著悠紀。洋一肌膚有光澤，體型福態，但還不到不健康的程度。

「今天天氣眞暖和，老師。孫女來陪你，老師應該很高興吧。這裡眞是好地方，海浪聲就像琴聲一樣——」

悠紀不著邊際地搭話，只見洋一呆然張嘴，口水從乾燥的嘴流下。少女拿出手帕替他擦去口水。

悠紀朝洋一踏出一步，彎下腰直視著他。洋一的眼神飄動，眼睛顯得有些混濁。

「我和立原志史很要好，立原志史——老師你還記得他嗎？他在家不能自由彈鋼琴，所以老師就在午休和放學讓他彈奏，他很高興。」

要是少女不在場，悠紀就會更加進逼，問出理都和志史的事情。即使是在神志不清的邊緣冒出的話語，悠紀也想從中擷取自己正在尋求的眞相，哪怕只有隻言片語。

「立、原、同學……？」

「立原志史的鋼琴實在很棒吧，老師。」

洋一像在傾聽海浪聲，稍微側了側頭。他的眼中陡然亮起光芒。

「哦，我才在想爲什麼一直聽得到鋼琴聲，原來是立原同學。」

他忽然用令人訝異的清晰語調說道。

「簡直就像從地球上最初的水中誕生的……這是你作的曲子嗎？」

「爺爺連海聲和風聲都會聽成鋼琴聲。」

少女不好意思似地插嘴。

「前幾天小理在聽你的《月光》，他的耳機沒插好，所以漏音了。我不會聽錯，那確實是你的貝多芬，細膩如玻璃藝品，又有些尖銳的地方也很不錯。」

「你是說理都嗎？理都在聽志史的鋼琴？」

「你有時會在音樂室錄製你的演奏，那是要給小理的嗎？」

……果然如此，志史和理都果然……

「立原同學。」

洋一冷不防握住悠紀的手。

「你不能停止彈鋼琴。無論發生什麼，無論用什麼形式，你都要繼續彈。」

洋一的手帶著令人畏縮的熱度和力道，裹著悠紀的手。

「你能答應我嗎？」

「老師說的話，我會告訴志史的。」

「照顧好你的手指。」

悠紀回握洋一的手，然後輕輕鬆開。

「風愈來愈冷了，我們差不多該進去了。」

少女溫柔地碰了碰洋一的手臂。洋一深情地——彷彿看著他的愛人，而不是他的孫女——抬頭注視著少女。

「我也差不多要告辭了。」

悠紀拿出裝著草莓的紙袋。

「請收下吧。裡面是草莓，不知道合不合你們喜好。」

「謝謝你——草莓我就收下了。你喜歡草莓吧。」

洋一瞇起眼睛，連連點頭。

「老師，請多保重。」

「爺爺說的話，一定要轉達喔，絕對要。」

「咦？」

悠紀不由得看向少女。

少女淡然一笑。

她予人尖尖印象的臉蛋像花瓣，在陽光下綻放，悠紀一瞬間看得入神。

在琴風莊的期間，多田愛梨從ＬＩＮＥ發來照片。是《鳶尾花》初夏號的一頁。

悠紀坐在海邊的漂流木上讀起來。

羽翼的墓碑　十首　一年二班　小暮　理都

埋下未孵化的蛋／我們指甲過短的手指／是羽翼的墓碑
在圖書室桌上／攤開筆記本／猶如葉隙日光灑落
揮別天眞夢想／我們肩併著肩／半睡半醒
指著琉璃蛺蝶／回頭一看／我倆身影宛如雙子
成爲被囚禁的旋律之鳥／朝沒有五線譜的天空／拍動翅膀
爲你而起的火刑／灼灼晚霞下輕易／變紅的我的側臉
落在身軀上的手掌／肋骨內的心臟／怒放盛開
到那個轉角之前／瑩然落下的花瓣雨中／與你的俤影同行
綁上七分之一的誓言／水杉是／直達天空的樹
微風行過髮絲／沙沙撩響／水杉的樹梢

眞是早熟的孩子，悠紀想。

他不會故作成熟，而是如實謳歌少年的心情，讓悠紀更有這種感覺。

共十首的短歌就像一問一答的情歌。詩中的「你」應該是志史。圖書室、筆記本、水杉樹──短歌中隨處可見聯想起令學館國中時期的元素，「火刑」暗示著小火災事件，

「被囚禁的旋律」是志史的鋼琴。

選擇用「俤影」替用面影，可能是悠紀穿鑿附會，不過這個字會聯想到少年的身影。

如果這是國中畢業後不久寫下的詩，兩人在畢業典禮的時間點，就絕對沒有「決定性的決裂」。

——沒錯，這就是答案。

兩人沒有絕交，一次也沒有。

兩人始終緊緊相連，透過無人看見的透明絲線。

去年十一月十日凌晨，志史操縱齊木殺死恭吾。他斷絕一段時間的聯繫，直到風頭差不多過了。今年一月二十二日，他打電話給齊木，說要給他逃生資金，將他約到那個工地。

理都等在那裡，他在高高的鷹架上裝成志史，叫齊木上來，然後——

悠紀將目光投向遠處，凝視著大海。

天空的藍色和大海的藍色在地平線上融為一體，形成了一條珍珠色的燦然線條。

悠紀在拂面的海風中，一直想著兩名少年的事情。

第六章

傷痕

1

〈過得如何？後來怎麼樣？〉

〈搬家準備得很順利。〉

悠紀很快用謊言回覆透子的訊息。正在一點一點收拾公寓房間，但在橫濱找租屋處的問題從新年歌會的那天起就停滯不前。

悠紀想避免和父親從同一棟房子前往父親的公司。為了這一點，他最遲須在三月三十一日前搬家。

〈我不是說那個。〉

悠紀馬上收到回覆。

〈你在調查什麼，對吧？〉

悠紀曾經請透子介紹作家野崎，之後就沒下文。

當時，透子擔心悠紀仍受到「那個孩子」影響，或者正追查六年前的那件事。

悠紀已經否定，但透子應該不信吧。

〈我正在調查一件和親戚有關的案件。下次想聽聽妳的意見。〉

悠紀收到表示了解的貼圖，以爲對話結束，沒想到還是被纏著約好明天見面。

——透子現在絕對很閒。

透過指尖的對談好不容易結束，悠紀將手機往旁邊一丟，仰面躺在床上。

這樣也好。作爲冷靜的第三者，透子的意見會有幫助，也可以透過與人交談來整理自己的想法……

——老師。

悠紀彷彿被人在耳邊呼喚，睜開了眼睛。

在他二十八年的人生中，只有一個人稱悠紀爲老師。

穿水手服的女孩在房間裡晃來晃去。豐厚的頭髮在肩上彈跳，臉頰還有幾個青春痘。

「優璃花……」

高中二年級的少女討厭自己花俏的名字，也不喜歡和名字同音的百合花。

她說她最喜歡的花是麒麟草。秋天一到，就會在鐵軌或堤防旁怒放盛開的黃花。

——老師眞的要搬家呀。

她踢開角落堆積的包裝紙箱。

「我不是要逃避妳。我會一輩子把妳放在心上。」

——太沉重了。放在心上就免了，不過生日的時候要來掃掃墓喔。

「生日？什麼時候？」

——已經忘記啦。

「對不起。」

——二月二十六日唷。

「那是妳的——」

忌日才對吧。

——是我在這邊的生日唷。

「供花要麒麟草比較好嗎？」

——只要不是百合，什麼都可以。

「我知……」

道了，悠紀才說完，優璃花的幻象就消失了。

悠紀愣愣起身。他想著如何和透子敘述這段時間的事，不小心睡著了。

他久違地夢見優璃花。起因不知道是和透子的談話，還是她的忌日快到了。

理應治好的傷又隱隱作痛。悠紀隔著衣服，撫上那道被一句「太沉重了」帶過，一輩子都不會消失的傷痕。

優璃花是悠紀大學四年級時擔任家教的高中二年級女生，他每週上兩次課，英語和數學各一個小時。

她是獨生女，有個當獸醫的父親和身為家庭主婦的母親。三人組成的家庭在悠紀的眼中，算是中等富裕、正常健全的家庭。優璃花就讀中等程度的私立高中，成績也是中等程度。隨著悠紀的指導，她的英語成績從「中」升到「中上」，不過數學沒什麼起色。

優璃花本人也算是正常健康的普通少女。只是她有時會毫無來由地喃喃自語「眞想死」或「死一死好了」。

大多時候，她都垂著視線讀課本或筆記本，在寫答案或計算的途中忽然停下手，從不抬頭呢喃。

一開始，悠紀會有反應。他會問「什麼意思？」或循循善誘「有什麼事的話，我都在這裡聽著。」

他也訓誡過她不該輕易說出去死之類的話，不過全都被優璃花無視。最終，悠紀開始嫌麻煩，對優璃花的喃喃自語左耳進右耳出。

後來優璃花抬起視線，一臉認眞地說：「老師，和我一起殉情吧。」悠紀對於這種變化感到些許不安，但依舊恪守家教的身分與優璃花相處，不多涉入。

除了那些自言自語以外，優璃花很普通。

因此悠紀甚至不曾和優璃花的父母談過這件事，他覺得沒有必要。

不，說到底，他只是不想把麻煩攬到身上。他對優璃花沒特別的情感，他只想著要順利無事地照收到的報酬工作，完成每週兩次的兩小時家教課，撐完簽約說好的一年。

六年前的二月二十六日，應該是優璃花最後一次家教課的當天傍晚，悠紀從手機接到一通陌生號碼的來電。對方是附近藥妝店的店長，聲稱悠紀妹妹偷了店裡的商品。悠紀正準備告訴他自己沒有妹妹，但仔細一聽，發現對方說的似乎是優璃花。

只要監護人來好好道歉，就不會通知警方。聽到對方這麼說，悠紀立即前往藥妝店。他沒聯絡優璃花家。這一點可能是個錯誤的決定，但悠紀感受到優璃花正在發送前所未有的ＳＯＳ求救訊號。

悠紀在女店員帶路下，來到藥妝店深處的辦公室。看起來是店長的中年男子，雙臂交叉站著。穿著水手服的優璃花則呆然坐著。辦公桌上放著三瓶色彩奇特鮮豔的指甲油。

「老師，你來了。」

優璃花露出稍縱即逝的微笑。

「給你們帶來不便，我深表歉意。」

悠紀脫下大衣，向男性深深鞠躬。

「老師是傻瓜嗎？跟你沒關係，你爲什麼要道歉？」

「優璃花，站起來，爲妳造成的困擾向大家道歉——」

一邊整理裙子的打褶，一邊站起身的優璃花，假裝向店長低頭，接著忽然轉身衝向悠紀。幾乎同一時間，悠紀目睹了她手上閃閃發光的東西，並感覺到身體左側灼熱的溫度。

悠紀看到水果刀的握柄從自己軀幹左側冒出來。下一瞬間，前所未有的劇痛襲來，讓悠紀頓時雙膝一軟。紅色的污漬逐漸在毛衣的腹部一帶擴散。

店長和店員都全身僵硬，發不出聲音。在沒有聲音的靜止畫面，只有優璃花做出動作，發出聲音。

「血流了好多，老師會死嗎？死的話我會很高興的，因爲我也會死。」

悠紀喘著粗氣。嘗起來像生雞蛋，又帶一點鐵鏽味的溫熱液體湧上嘴巴，從唇溢出。

「……老師，疼嗎？痛苦嗎？眞可憐。對不起喔，我只是想和老師一起……」

女店員終於尖叫起來。

——和我一起……什麼？

我沒聽到——

看著優璃花的背影奔出門口，水手服衣領在紅色朦朧的視野中飛揚，悠紀失去了知覺。

當他回復意識時，他躺在病床上，距離那天已經過去四天。

他更晚之後，才得知刺傷自己的優璃花跑上藥妝店所在大樓的頂樓，翻過緊急樓梯的欄杆後跳樓。

由於傷口深達內臟，反覆併發感染的悠紀不得不長期住院。

悠紀也許是受害者。

然而，優璃花是未成年人。

家庭教師和學生，談話節目上針對這件事，興味盎然地發表各式各樣的推論臆測，但等到悠紀出院時，風波已經平靜下來。

原本錄取他的公司是父親公司的生意往來對象，所以公司也無法主動解雇悠紀。當悠紀自己辭掉工作時，公司想來大鬆一口氣。

悠紀無法就這樣一副什麼事都沒有發生過的樣子，直接投入職場。優璃花爲什麼那麼做——她爲什麼要殺自己——她爲什麼選擇自殺——悠紀認爲自己在沒搞懂這些問題前，無法繼續前進。

他抱著被痛罵的覺悟去拜訪優璃花的父母。儘管可能不是眞心話，不過他們表現出一副愧疚的模樣，結結巴巴地表示他們實際上也毫無頭緒，並讓悠紀看了優璃花的房間。悠紀得到許可，仔細查找一遍，但毫無發現。

他也去優璃花的高中，還去國中、小學，找還有用社交軟體和優璃花聯絡的朋友問話。

不管悠紀找誰問，優璃花都是不起眼也不突兀，既不是資優生也不是放牛學生，不特別受歡迎，也不會受大家討厭的少女。眾人口中的她，就是「一般般的女生」、「普通的女生」。

優璃花沒理由到商店行竊，也沒理由刺傷悠紀，更沒有理由自殺。

不，理由想必存在，只是沒人知道。說不定真的有人知道，只是悠紀無從知曉。

悠紀無法放棄，於是委託當時插畫工作正走上軌道，同時從「怪人叔父」手中接過偵探事務所的透子調查。透子聽完前因後果，斬釘截鐵地斷定如果悠紀已經查了這麼多，繼續查也不會有更多資訊。

「你似乎沒察覺到，所以我只能提點你一件事——」

透子直直盯著悠紀的眼睛。

「那女孩喜歡你。」

「怎麼可能。」

「順帶一說，『一起殉情吧』是『抱我吧』的意思。」

「怎麼可能……什麼時候開始有這種說法？」

悠紀對透子的理論持疑。不管優璃花對悠紀究竟是愛還是恨，他對優璃花的態度，自始至終都是與這兩者成兩極的「漠不關心」，讓悠紀深感後悔。

就算不是全部，只要自己也是讓優璃花走上絕路的原因之一，自己就是鑄下無可彌補的大錯。悠紀心想。

「若林，既然你放棄原本的公司，現在很閒吧？要不要來幫忙？」

透子唐突提出邀約。

「幫忙畫插圖？」

「當然是偵探事務所。」

「可是偵探事務所不是需要跟蹤之類的嗎？我的臉應該都被公開了吧？」

「在網路上？會看那些的只有少部分人，而且又不是你幹了什麼壞事，社會大眾早就失去興趣。更何況你雖然比標準身高高一點，但臉長得很司空見慣，不用擔心。」

「……那樣的用法是正確的嗎？」

悠紀苦笑，決定從善如流接受邀請，擔任透子的助手。他就這樣工作了整整五年。

不提薪水多寡的話，悠紀很感謝透子。工作基本上都是單獨行動，他心情輕鬆許多。不習慣的跟蹤和監視，雖然讓他處於緊繃狀態，但也讓他無暇面對盤旋在心中的無解疑問及永無止盡的懊悔。後來想想，也算是一種心理治療。

此外，比起繼承父親家業爲前提，懷著心不在焉的態度，在一家想必會將悠紀當客人的公司工作，悠紀認爲偵探事務所是更有意義的社會學習。

2

蜷縮在大樓間，有著狹長用地及金色寶珠熠熠生輝的六角磚瓦屋頂，可說是標準市區寺廟的寺院，正是透子的老家。寺廟的斜後方有一棟十層樓的公寓大樓，其中的四〇一號室，就是透子的住處兼松枝偵探事務所。

屋內格局用捲簾隔開，客廳放了一張客用沙發、一張桌子和筆記型電腦，後面的房間則是透子繪製插圖的工作間。

二月十九日，悠紀喝著透子煮的咖啡，詳細說明至今為止的經過——不然一定會被一一追問。

一邊聽一邊做筆記的透子，身上穿著一件淺藍色摻檸檬黃，有著蜂巢花樣的毛衣。

「律師在文京區公園裡遭人殺害的案件啊，我還記得。原來他是你姨丈。」

「抱歉，沒告訴妳。」

事發時，悠紀還在透子的事務所工作，幾乎每天都會碰面。

「又不是什麼需要道歉的事情。」

透子拿著髮夾，幾次試著把頭髮別好，最後還是拿下來，放在咖啡杯旁。

悠紀加入社團時，比他大五歲的透子以畢業的社團學姊身分，負責教導學弟妹手語。在當時義工類社團的成員中，她化著少見的濃妝。但現在只稍微修眉，塗上淡淡一層唇蜜，又剪了瀏海，反而比以前更顯得年輕。

「新聞起初不是還說，可能是訴訟相關的仇殺嗎？不過犯人是受害者的前女婿，他自殺之後，就以嫌疑犯死亡結案了，對吧？」

「我認為另有眞相。」

「志史操縱他的父親齊木明殺了立原恭吾，然後又殺了齊木。既然志史有不在場證明，所以推下他的就是小暮理都。志史和理都是在國中認識，兩人關係親近。他們中間看似關係決裂，但只是表面上的僞裝，實際上兩人還是有聯繫。齊木墜落身亡的現場，是理都擁有的公寓建築工地。根據遊民朋友的說法，齊木似乎有金主。金主應該就是志史。事發當晚，齊木也貌似開心地要和某人見面。」

「沒錯。從去年夏天起，就有人不時在立原家附近，目擊到疑似齊木的男性。」

「志史是個怎麼樣的人？」

悠紀拿出他的手機，向透子秀出他給遊民看的同張照片。

「……二十二歲，是吧？」

「看起來不像嗎？」

「是像二十二歲沒錯，但只活個二十幾年，要怎麼樣才能散發出這種靜謐的魄力？」

「現場感受更驚人喔。」

「從青成學園到映陵大學法學院。四年級就通過司法考試……眞是優秀。」

「我也這麼認爲，但姨丈不太給予認可。」

「爲什麼？」

「因爲他是齊木的孩子——身上有一半，流著齊木的血。」

透子皺了皺眉。

「有這麼誇張——所以他恨你姨丈恨到——想殺死他的程度嗎？」

「當家教的時候，我在志史的房間裡教書，但不能關上拉門。我阿姨說是姨丈的規定，所以不能關門。」

「什麼規定？這樣不會很讓人靜不下心嗎？」

「房間是上樓梯後的第一間和式房間，從樓梯底下一覽無遺，旁邊就是姨丈的書房。」

「說不定是因爲不信任你？」

「我還希望如此。」

「國中生的話，多少會有不想被家人看到的東西吧。一般來說，每個人自己獨處的時候，都會做些絕對不想被人發現的事情。」

「就連零用錢也沒有。阿姨說需要的東西家裡會買，所以不會讓志史感到不便。」

「不是這種問題。總有私底下想要的東西，就算很少，也不想一一坦白。」

「壓歲錢由阿姨代收，用志史的名義存起來。」

「志史自己能動用嗎？」

「不，應該沒辦法。」

「都國中生了，連一元也不能動嗎？」

「到高中也是如此。」

「難以置信。我的話就會從錢包裡拿錢。」

「是啊，志史也能有這種程度的反抗就好了。」

在冰冷的內心全盤接受所有不合理待遇之前，在積攢的憤怒和悲傷釀成殺意之前。

「志史吃完飯不能躺下來小憩，週日早上也不能睡得比平時晚。志史的房間總是乾淨整齊到缺乏生活感。根據母親的說法，外出需要前一個星期提出申請，和誰出門去哪裡，幾點回家都要事前寫下來。宵禁是晚飯的三十分鐘前，用餐時間三餐固定，必須嚴格遵守。新聞只要看報紙就行，所以連電視都沒得看——」

「這是修道院嗎？」

透子抬頭看著天花板，嘆了口氣。

「殺死你姨丈的武器是什麼？」

「聽說是帶狀的東西。從索狀物的痕跡來看，不是細繩，也不是繩索，而是更寬一點的——」

「是腰帶嗎？」

「不，寬度不是固定的，像是被摺疊或擰過的痕跡。」

「毛巾、圍巾、領巾、領帶……」

「應該就類似這些。」

「你說出現在你姨丈遇害現場的腳印，和齊木明穿的運動鞋一致。」

「沒錯。鞋底花紋或尺寸都是。」

「鞋子符合齊木的腳嗎？」

「我不知道，但如果尺寸不合，警方就會注意到這點，不是嗎？」

「如果是過著正經生活的社會人士，或許會被提出來，但遊民穿著尺碼不合的鞋子，會被重視嗎？更何況警方應該希望齊木就是凶手好方便結案。」

透子提出偽裝腳印的可能性。也就是說，齊木可能並未殺害恭吾，而是真凶將罪名嫁禍到齊木頭上。

「我知道志史無法自由行動，但難道他半夜也沒辦法偷溜出來嗎？」

「上大學之後，應該有辦法做到吧。」

「不是，我是說上高中的時候，他高三的時候。」

「小暮家是大宅子，我想他應該可以進出，而不會被裡面的人注意到，不過立原家可沒那麼大……」

悠紀回答，同時思索透子爲何刻意詢問高三的事情。

「不過姨丈不在的話，聽說阿姨睡覺都睡得很沉，她又是睡在一樓後面的房間，說不定還能偷偷溜出去。」

「要不要確認一下？看看小暮家失火那天晚上，你姨丈在不在家。」

「透子學姊，妳在想什麼……志史與畫室的火災有關……？」

「你認爲理都涉嫌殺害志史的爺爺和親生父親，爲什麼覺得反過來不可能？」

悠紀頓時覺得彷彿貼在眼球上的薄紙剝落，眼前爲之一亮。

黎明的大火，只有理都醒著，也是唯一的證人。

理都絕對不會說志史在現場。他會讓志史逃離現場，爲志史打掩護。不對，如果這是兩個人設計好的火災，他們倆人原本就是共犯關係……

「你不認爲齊木是自殺，但你爲什麼不認爲萬里子也是如此呢？」

——確實如此。萬里子的自殺動機尚不清楚。說是因爲靜人的外遇而精神衰弱，也不過是套好的謊言而已。

從貿易商的證詞可以肯定，萬里子自己點了一打烈酒，但也可能是理都告訴萬里子有這種酒。不是作爲酒精含量高的酒，而是最適合釀果實酒的酒。

萬里子陷入昏迷狀態，醒來的希望幾乎爲零，等於死無對證。理都每週都探望——生日那天帶著花束到病房——是對於自身犯行的煙霧彈，也可以解釋爲確認萬里子是否仍在沉睡。

然而，被靜人疼愛的理都，卻燒掉靜人的重要畫作，這一點還是說不通。

「妳的毛衣眞漂亮。」

悠紀轉移話題。

「你這麼覺得嗎？我很喜歡這個顏色。不覺得很少見嗎？這是我阿姨——經營偵探事務所的叔叔妻子——親手編織的。我高中很胖，這件原本是高中時織給我的毛衣，現在瘦下來了，毛衣變得不合身。我就硬是拜託阿姨，請她幫我重新織。」

「毛衣還能重新織嗎？」

「可以啊——我做不到就是了。毛衣鬆開來就會變回一根毛線。毛線雖然會捲起來，但只要用蒸氣熨過，就會變直，變得比較好編織。」

悠紀不自覺地站了起來。

「怎麼了？」

「我要回家了。老實說，我原本還嫌有些麻煩，不過今天和透子學姊談過，眞是太好了。」

「哦，嗯。」

「我會再聯絡。」

「要是你嫌麻煩的話，就不用了。」

「妳確定嗎？謝謝。不過假使我有空，我就會說一聲。」

透子站在玄關送悠紀，這時彎起身體大笑。

「很高興你挺有精神的——看來你沒問題了，若林。」

悠紀恍然大悟地盯著透子。透子臉上流露出和藹的神色。

「我沒事——抱歉，讓妳掛心了。」

「你果然還是給我好好保持聯絡。你回橫濱前，來喝一杯吧。」

「——好的。」

悠紀首先打電話給花村，詢問理都的鞋子尺碼。花村說她有寫在筆記本上，然後查了一下。他高中三年級的時候，尺碼是二十六公分。

「有人寄信或包裹給理都嗎？」

「那一類的好像沒有……等等，對了，我記得是有明信片……我想想，應該也在我的筆記本裡……有了。有位叫市井怜的人寄了好幾張明信片。市井是某某城市的市，井是水井的井，怜是心邊的怜。我想說是不是小理都的朋友，所以記下來，日期就不清楚了。」

接下來，悠紀打給三田家，問美奈子是否知道齊木的鞋子尺碼時，她說齊木身高偏高，鞋子尺碼相對比較小，大概是二十六．五，視鞋子而定，也會穿二十六公分的鞋子。除此之外，悠紀還有一個問題想問美奈子，同樣也得到了答案。

悠紀透過ＬＩＮＥ，向田村奈緒詢問理都的身高和體型。在他等待回覆時，他也打給立原家。悠紀明白高子已經開始嫌他煩，他也絕非刻意惹高子不悅。

「志史的鞋碼？……是二十六．五。」

「齊木死時穿的運動鞋尺寸是多少？」

「二十六．五。」

高子甚至沒有嘗試掩飾嘆氣。

「竹內警探也來問過志史的鞋子尺碼。就算和齊木一樣，又能代表什麼。」

「我當家教的時候，志史的房門都是開著的，對吧？」

「從志史到我們家裡來的時候，就是如此。恭吾說是這個家的規矩……」

「那麼，美奈子姊姊的時候，也是這樣做嗎？」

「不，人家可是女孩子呀。」

「……說得也是呢。」

「志史一開始反抗地關上了拉門，每次都會被恭吾罵。說如果不聽話就滾出去，要過懶散的生活，就叫齊木收留他……聽完這些之後，他就放棄了。」

「姨丈這麼說？他明知志史小時候被齊木暴力相向……？」

「恭吾從來沒有對志史動粗，也不曾大聲吼他。」

「志史過著打開拉門的生活多久？」

「到高中都是。」

「晚上睡覺也是？」

「是的。」

「冬天也一樣？」

「嗯，屋子有暖氣，我想應該不會冷。」

「這樣的話，他晚上就不可能偷偷溜出去了。」

「晚上溜出去？從家裡？」

「他應該做不到，對吧？」

「該怎麼說，我不知道你是怎麼想的，不過不論是我，還是恭吾，我們都沒有監視志史的意思。所以他眞的想的話——例如從窗戶溜出去——應該不是做不到。不過恭吾常常工作到深夜，半夜打個盹，天亮後又工作，工作不太規律，所以實際上要不被恭吾發現地溜出去，我想應該很難。」

「四年前的二月十三日呢？」

「……就算你突然這麼問……」

「十二日是映陵大學的入學考試，也就是考試的隔天。」

「那一天的話，恭吾出差到名古屋了。我還記得他決定日程時，特地避開志史入學考試的日子。他十三日早上出發，十四日傍晚才回來。」

——二月十三日晚上，恭吾不在家。

「謝謝。然後，能告訴我志史的手機號碼嗎？」

「我不能隨便作主。」

悠紀結束電話後，收到了奈緒的回覆。高三時的理都身高約一百七十公分，體型「苗條得讓人不想站在他身邊」。

悠紀回覆「謝謝」之後，深深地嘆口氣。

悠紀明白了志史爲什麼不反抗恭吾。他原本以爲是爲了彈鋼琴，結果不是。事情並不是那麼簡單，志史並不是爲了彈鋼琴而裝出表面順從的樣子。

他從小就在親生父親的肉體虐待下長大，最終逃離苦海，和母親與新父親過上平穩的生活——事實上，當時的志史據說相當伶俐活潑——有一天，突然只有他被捨棄了。美奈子和忠彥僅僅因爲他們有了自己的孩子，就把志史排除在家庭之外。

恭吾對志史的待遇極其嚴厲，志史從小就被剝奪所有自由：與朋友共度的時光，宛如呼吸一般的鋼琴，以及寄託於音樂的閃耀夢想。

高子永遠不會站在他這一邊，在一次又一次的無理斥責中，如果說要把他送回去找那個在他幼時心頭刻下痛苦與恐懼的齊木——

他該怎麼辦？何處才是他的棲身之所？

他無路可走——他既無處可去，也無處可歸。

他被所有血親拒絕，不被任何人需要，也不爲任何人所愛。

志史是否曾經偷偷從遠處看著美奈子一家？他是否曾經咬著嘴唇，盯著和樂融融的家庭和一臉幸福的弟妹，注視著那些絕不屬於自己的天倫之樂？

第一次——事到如今，悠紀才第一次——因爲志史冰寒徹骨的孤獨，胸口一陣疼痛。

——我難道對此無能爲力嗎？

事實並非如此，悠紀是有辦法做點什麼的。他也並非毫不知情。

他當了志史將近三年的家教，志史就在他伸手可及的距離。

悠紀不可能沒注意到。

恭吾的紀律、高子的坐視不管，這些都是虐待。

裝成一無所知、視而不見的自己，也是迫害志史的大人之一——悠紀不得不承認。

——對於這樣的志史，只有理都……

悠紀想起寫著兩人名字的筆記本。

十二歲在圖書室邂逅的少年，他們在只屬於兩人的聖域中講述了什麼，又編織出怎麼樣的故事呢？

悠紀打包好另一箱搬家的行李，在附近的蕎麥麵店用餐。沖完澡後，他打開電腦，結果收到一封來自透子的電子郵件，信件標題是〈T-txt〉。

我的外甥現在大學三年級，他讀青成學園，所以我問了他關於志史的事。他是比志史小一屆的學弟，但他知道志史的事情喔。

每次定期考試，志史都做了所有科目的模擬題本，然後賣給學弟妹們。上面有答案和詳細解說。限量十份，一份一千日元。

就算買的學弟或學妹想把題本賣給下一屆學弟妹，因爲學校的師資水準異常高，所以不同年度的出題傾向變化非常激烈（外甥有買，所以才這麼清楚）。

不只如此，對那所學校的學生來說，在最重要的大學考試，那本模擬題本也比坊間差勁的參考書更有用。

模擬題本被稱爲T-text，知道的人才知道，只在成績優秀的學生間口耳相傳。光是知道T-text的存在，就像是一種身分證明。

根據我外甥，那所學校的學生都很正經，個性又有點薄情，即使是朋友也絕對不會說出口，所以在學校方面也沒造成問題。

在學力至上的那所學校，總是位居學年第二名或第三名的志史，是學弟妹們的憧憬，深受信賴。提供給你參考。

每次考試就有一萬元，定期考試一年舉辦五次，所以高中二年級一年間的收入是五萬元，假設高三到第二學期的考試之前也都有販賣題本，收入就是四萬元。

如果志史在高中時代，能夠私底下運用的錢有這麼多……

悠紀確認收到電子郵件的時間，顯示是不到十分鐘之前，便打電話給透子。

「我看到郵件了，感謝妳提供的訊息。其實關於編織，我有件事想問妳……」

第七章

寓言

1

二月二十四日下午一點過後，悠紀搭乘公車拜訪小暮家。他走上石牆中間的階梯，按響門鈴。他沒打算隱瞞自己的名字和訪問原因。

他等了一會兒，但沒有任何反應。

悠紀注視著格子窗並列的白色宅邸，再次按下門鈴。

有那麼一瞬間，悠紀覺得他在二樓的窗戶上發現一道人影——說是青年，卻還有著少年韻味的纖細身影，以及一雙大大的黑色眼眸——是悠紀的錯覺嗎？

猶豫之後，悠紀沒按下第三聲門鈴，而是轉身離開。

悠紀意識到自己心中隱隱鬆了口氣。他抱著想見理都的強烈希望，但同時懷抱著同等，甚至更強的恐懼。

悠紀也不知道爲什麼——也許因爲理都就像另一個志史。

同一天的傍晚時分，悠紀在自家公寓的客廳中，與志史對峙。

悠紀示意志史在唯一的沙發坐下，他自己則直接坐在地毯上。兩人隔著茶几的邊角，斜斜相對。兩個馬克杯在桌面冒著熱氣。

他刻意在深夜——在高子應該已經就寢的時間——打電話到立原家。他直截了當地對接電話的志史說想詳談，志史彷彿有所預期地答應了。

志史在約定時間準時到訪，他的手肘掛著一件皮夾克，手上拿著A4白色信封。

「我就直說了，是你們殺了恭吾姨丈嗎？」

「你們指的是誰？」

志史平靜地反問。

「志史和小暮理都。你在令學館國中的——」

悠紀原本打算說摯友，卻又猶豫地住嘴。他覺得這個詞還不足以描述兩人的關係。

他試著認眞觀察，但志史的側臉沒有一絲波瀾。

「你怎麼知道理都的？」

志史只是靜靜把一雙鳳眼轉向悠紀。

「我去了齊木墜樓身亡的現場，公寓建造者的名字是小暮理都。我對這個名字有印象。我還在當你家教時，放在書堆下的筆記本……淡綠色的那本。」

「有過這麼一回事呢。」

「我不是故意看的，但我看到了封面上的名字。」

「這就是你查看畢業紀念冊的原因啊。確實是我粗心大意了。」

「我在紀念冊裡找到了小暮理都的名字，追查下去就出現各式各樣的事件。」

悠紀將他昨晚熬夜整理，列印出來的兩張紙並排放在志史面前。

①**小暮直人**（二歲）溺死——五十一年前

九月五日，小暮靜人的孿生兄弟直人，在小暮家庭院的池塘中溺水身亡。保姆戶田美代子（二十歲）接受調查，但無法證明其殺人意圖或疏忽過失。

②**戶田美代子**（二十歲）自殺——五十一年前

九月二十日，獲釋的美代子在小暮家的花園裡自焚身亡，留下了供認謀殺直人的遺書。她聲稱當時小暮家的一家之主（靜人的祖父）強迫她發生性關係，其妻（靜人的祖母）出於嫉妒，對她百般欺壓。

③**藤木（小暮）萬里子**（二十九歲）街頭隨機潑硫酸事件——十八年前

十二月二十四日黎明，萬里子下班回家，被躲在公寓入口附近草叢中的人潑灑硫酸，導致右半臉重傷。

萬里子只看到肇事者的深色外套。雖然從情感糾紛和怨恨等的方向展開搜查，但毫無明顯進展，在沒有嫌疑人的情況下過了訴訟時效。

※事件發生兩個月後，萬里子與靜人結婚。

④曙杉公寓火災——八年前

十二月一日晚上十一點點左右，曙杉公寓二〇一號寺井玲美（二十八歲）家發生火災。玲美與其同居人井上大雅（三十歲）死亡。原因似乎是井上的香菸不慎引起火災。兩人疑似平日虐待玲美全盲的長女怜奈，不讓她接受教育或疏於照顧。火災發生時，怜奈被趕出門而獲救。

※大約在這個時候，志史和理都（僞裝）決裂。怜奈去了殘疾兒童福利機構。

⑤小暮邸畫室火災——四年前

二月十四日凌晨三點左右，小暮家的畫室發生火災。畫室裡的萬里子（四十二歲）身受重傷，至今仍昏迷（現於乾綜合醫院住院中）。理都（十八歲）面部也受到嚴重燒傷。起火原因被判定爲萬里子縱火。動機不詳。

※靜人外遇是假消息。與萬里子有染的洋一（七十歲）案發後因失智症住進琴風莊。

⑥小暮靜人（五十二歲）溺斃——去年

八月十三日凌晨五點半左右，理都回家發現靜人死在浴室的浴缸裡。預估死亡時間爲同日半夜一點至兩點間。無外部入侵或打鬥痕跡等可疑之處。屍檢後判定爲喝醉的靜人在入浴時不慎溺水身亡。

※當時靜人和理都住在一起。理都有不在場證明（人在乾綜合醫院萬里子的病房）。

⑦立原恭吾（七十四歲）勒斃——去年

十一月十日，立原恭吾在帶愛犬喬治散步時被人勒死。早上六點二十分左右，慢跑中的男性鄰居發現坐在公園長椅死去的恭吾。預估死亡時間爲同日凌晨五點至五點三十分。

※因參加有馬溫泉同窗會，遛狗時間比平時早了一個小時。志史有不在場證明（和島田夕華在飯店留宿）。

⑧齊木明（四十九歲）墜樓身亡——今年

一月二十二日晚上十一點左右，他從公寓的建築工地（理都爲所有者）墜落身亡。死因是後腦杓遭受強烈撞擊造成的腦挫傷。現場無爭鬥痕跡，且齊木很有可能是殺害恭吾的凶手（☆），因此判定爲自殺。

※志史有不在場證明（和島田夕華在家庭餐廳）。

☆從齊木穿的毛衣，和恭吾指甲中發現的毛線纖維一致。

齊木穿的毛衣上有喬治的狗毛和唾液。

齊木的鞋子與恭吾被害現場的長椅周圍的一個腳印匹配。

有動機（恭吾不肯借錢，因恐嚇未遂罪遭到起訴逮捕的怨恨）。

關於①②，悠紀再次聯繫野崎詢問詳情。前幾天聽到這個故事，他只把注意力集中在畫室，所以並未問及半個世紀前的事件。

野崎好心地介紹在報導中登場的「山中女士」。她本名是川本，已經年過八十，但身體健朗。悠紀打電話時，接電話的是她兒子，態度非常客氣。川本女士正在旅行，悠紀只好明天再打電話。

可能毫無意義，但悠紀還是想盡可能蒐集每片拼圖碎片。碎片也許屬於不同的拼圖，但也得等到手才會知道。

志史抬眼。

「眞不愧待過偵探事務所呢，悠紀。」

——這句話姑且算是稱讚嗎？

志史看向堆在房間角落的紙箱，又看著悠紀，冷冷地說道。

「比起做這種事，爲搬家做準備應該更有意義吧。」

「有什麼要糾正或指教的地方嗎？」

志史用修長的食指指向④的※。

「僞裝是指什麼？」

「國三第二學期末，你和理都決裂了——田村奈緒和杉尾蓮這麼說，但其實是演戲吧？理都甚至還在畢業典禮後，剪碎制服的領帶，好讓周圍的人認爲你們絕交了。」

「你是說我們僞裝絕交？爲了什麼？」

「不讓任何人追查到你們之間的聯繫。爲了你們在令學館國中圖書室制定的計畫。」

「計畫……怎麼樣的計畫？」

「目前已經實行了三個計畫：小暮家畫室的火災、恭吾姨丈的絞殺命案以及齊木的墜樓事件。依照順序，從火災開始說吧。萬里子長期和公公洋一外遇，靜人爲此感到痛苦。理都似乎很受養父靜人疼愛。他找了藉口，把萬里子叫到畫室，而你就藏在那裡。你們事先把畫布——大概只有那些失敗的作品，或是靜人不喜歡的畫作——堆放到房間中央，並灑上烈酒。萬里子想必會一邊喊理都，一邊走進畫室。當萬里子靠近畫布時，你便點燃捲起的報紙之類的東西，拋向畫布，然後馬上跑到門外壓住門。一直壓門也很危險，所以你應該動了手腳，好讓門打不開。理都說門是鎖著的，這份證詞是謊言。窗戶是內嵌式，就算因爲熱氣裂開，到時裡面的人也早就……此時理都衝來。他應該如同證詞，是從房間窗戶爬樹下來吧。他讓你逃走。這麼大一間宅邸的庭院，凌晨三點的話，附近的人也很難察覺異常。你避開保全攝影機，在沒被任何人抓到的情況下，離開了小暮家。另一方面，理都則打破門，衝進畫室——即便他明知道爲時已晚。」

「你知道理都爲了救萬里子，受了多嚴重的傷嗎？」

「說不定他爲了避免被懷疑，原本只打算受到輕微燒傷……」

「悠紀。」

志史打斷悠紀，忽然舉起馬克杯。

「你再多說一句，我就把這杯咖啡潑在你臉上，然後回家。」

「我只是覺得有這個可能性。抱歉，是我太過輕率了。」

「——我有兩個疑問。第一點，如果是這樣，不殺外遇對象，只殺萬里子，這樣不是不公平嗎？」

「我想一開始的計畫也打算殺他，但洋一是青成學園的音樂老師，他讓你在音樂教室彈鋼琴，所以他才免於被殺。」

「看來你好歹有想過這個問題。我的另一個疑問是，既然打算殺害母親，爲什麼又讓她活著呢？」

「決定維持生命治療的，應該是靜人吧？」

「你的意思是說，這不是理都的本意嗎？」

「接下來是恭吾姨丈的命案。我想動機用不著我說。你有不在場證明，所以執行者是理都。和你完全斷絕關係——表面如此——的理都，名字永遠不會出現在調查名單。」

「你憑什麼認爲犯人不會是齊木爸爸？」

「喬治爲什麼沒有叫？」

「這件事有那麼重要嗎？」

「不管喬治多溫馴，我想齊木靠近的話，牠還是會吠。」

「對象是理都的話，牠就不會吠叫嗎？」

「齊木是姨丈討厭的人，而理都應該有和你相似的味道。」

「更勝於我的親生父親齊木？你是認真的嗎？」

「我想理都大概穿著你的衣服。」

「我也可能把衣服借給了齊木爸爸。」

「尺碼不合適。」

「外套的話，就算不合身也不會到不能穿。喬治雖然是隻可愛的狗，但牠並沒有那麼聰明，也沒那麼忠誠。靠食物和牠打好關係就能解決問題了吧。」

「……也許是這樣。」

「毛衣和腳印的證據，你又有什麼想法呢？」

「你的鞋碼是二十六．五公分，理都是二十六公分，齊木介於中間。雖然也要看鞋子，不過運動鞋的話，你們全員都可能穿同一個尺寸。齊木死時穿的是二十六．五公分的運動鞋，與現場的腳印吻合。我聯繫製造商時，他們說鞋子是從七年前的五月開始，賣了大約兩年。在不被姨丈察覺的情況下，你和齊木有所聯繫。判刑後暫時銷聲匿跡的齊木，在緩刑終於結束後，開始在你周圍遊蕩。齊木的刑期是兩年監禁，四年緩刑，所以在你十五歲的時候就結束了。我不知道他的目的是不是只是爲了要錢，還是多少有想見你的想法，總之你決定設計齊木成爲殺害恭吾姨丈的犯人。」

「我買了運動鞋？」

「我是這麼想的。理都自然也能買，不過你應該不想在金錢方面麻煩理都吧。你買了兩雙，一雙給了齊木，還有一雙交給了理都。」

「七年前五月開始的兩年間……也就是說，是我上高中的時候。我以爲你知道我在國中和高中時期，完全沒有能自由動用的錢。即使是從三田家帶來的存錢筒，也被拿走了。」

「T-text。」

志史的表情第一次動了。他微微地——笑了。

「高中的時候，你把自製的參考書賣給學弟妹。雖然不能說是寬裕，不過要買兩雙普通的運動鞋，應該綽綽有餘。」

「你還眞是做了不少調查。在學校知道那個的人，應該只有一小部分。不過很難保證齊木爸爸會一直穿著運動鞋，直到殺害立原爸爸的那一天吧？遊民生活的話，把鞋穿爛就沒戲唱了。」

「你可以誘導他，說當上律師的話，就能買更多好鞋子給他，現在的零用錢只買得起這個，所以希望他珍惜，只在特別的時候或來見自己的時候穿——之類的。」

「眞是感人啊。我會對齊木爸爸說這種話嗎？齊木爸爸會乖乖照做嗎？」

「他應該會吧，爲了攏絡你。」

「然後理都就穿上另一雙運動鞋，殺死了立原爸爸。」

「理都大概也稍微穿了一陣子，讓鞋底有所磨損。決定殺害姨丈的日子之後，你就和齊木碰面，確認齊木運動鞋的狀況。如果鞋子遺失，或者太破舊了，就不會在現場留下清晰的腳印。」

志史對此不予置評。

「毛衣呢？」

「齊木穿的毛衣上有喬治的狗毛和唾液，姨丈指甲中的遺留物和纖維也匹配。我也想過，就算腳印只是間接證據，這邊卻是物證。因此我一開始認爲齊木是執行者，是你在背後操縱。但我重新想過之後，認爲齊木無法殺人——」

悠紀並不是要讚美謀殺行爲，但要犯下殺人罪，齊木這種人的格局還太小了。他只是一個遇到壓力就會找年幼孩子出氣，威脅要強暴前妻，最後甚至還找他虐待過的小孩，哭著要錢的男人。儘管齊木有衝動的時候，不知道會做出什麼事的傾向，但他和冷酷的謀殺並不匹配。

「當我知道理都和你的關係，思考你們爲何裝出決裂的假象時，我猜想你們是不是在圖書室裡，策畫出完美犯罪的計畫。計畫的序幕想來就是僞裝絕交吧。」

「別扯太遠，先說毛衣吧。」

「立原家美奈子姊的房間衣櫥裡，有一件淺橘色的手工針織毛衣，毛衣是淺V領口，記得是平面織，和齊木去世時穿的毛衣一樣。根據美奈子姊的說法，齊木很擅長縫紉，會自己縫舞臺服裝，或加工裝飾成衣。但他不太會編織，會的編法就只有這一種。即使如此，他還是爲了美奈子姊，在交往後的第一個聖誕節，爲了她織了毛衣——情侶毛衣。美奈子姊捨不得扔掉，離婚時把兩件毛衣都帶回來了。美奈子姊的衣櫥裡。應該也有齊木的毛衣才對。帶著灰色的深藍色毛衣——就是齊木死時，身上穿的毛衣。」

「你是說毛衣從衣櫥裡消失了嗎？爲何立原媽媽和美奈子小姐不告訴警方這件事？」

「高子阿姨不知道齊木的毛衣在衣櫥，美奈子姊說她以爲你找到毛衣還給齊木了。」

「你想說美奈子小姐爲了保護我，而沒有告訴警方？」

「美奈子姊完全沒想過你與事件有關，從她說話的樣子感覺得出來。所以與其說是保護你，不如說是不想把你扯進案子。」

「就算她說了也無所謂，我只會這麼說：齊木爸爸的毛衣確實在衣櫥裡，我連看都不想看，多年前就把它扔掉了。」

「這能說得通嗎。」

「那個男人織毛衣又不是只有那次。光是顏色和形狀一樣，不代表就是同件毛衣。」

悠紀將目光轉向志史的毛衣。毛衣的顏色是有別於海軍藍的深藍色和黑色斜向交替的大膽花色。

「那件毛衣是手工編織的嗎？」

「嗯？」

「理都探望萬里子的時候，經常在窗邊織毛衣。這是乾綜合醫院的護士告訴我的。」

「那又怎麼樣……？」

悠紀從臥室拿出從透子那裡借來的淺咖啡色毛衣，以及問過透子後購入的金色鉤針。毛衣是透子在高中家政課時勉強織的毛衣，寬度比現在的透子寬了一．五倍不只。透子這麼告訴悠紀：「丟掉也可以，不如說幫我丟了吧。」

悠紀一如透子教導，用鉤針勾開毛衣肩處，取下和衫身部分編在一起的一邊袖子。

悠紀一拉從身體部分冒出來的毛線，毛衣就開始脫線分離。

毛衣逐漸鬆開，變成一根長長的拉麵狀捲曲毛線。

志史眼神熾亮地看著悠紀。

「你把齊木的毛衣給了理都。理都解開毛衣，編成像圍巾一樣的——凶器。」

「殺死立原爸爸的凶器？」

「不用解開整件毛衣，只要前幅——似乎是這麼稱呼的——就好。理都用那個凶器勒住姨丈的脖子。就算不費心編織凶器，直接用一綑毛線勒好像也行。但這麼一來，就會留下毛線狀的索條痕，等於告訴警方，毛衣是用凶器的毛線編成的。就算有可能是齊木自己編的，也會讓人想到眞凶織成毛衣，送給齊木的可能性。只要編織成帶狀，用領巾之類的柔軟布料包住一邊，就不會在姨丈的脖子上留下纖維，只會留在抓撓凶器的指甲上。」

「穿毛衣殺人不行嗎？」

「這麼做的話，姨丈可能不會抓撓毛衣。編出凶器，就是要確保在指甲中留下纖維作爲證物。沾上喬治的唾液則很簡單，只要讓牠咬住圍巾末端就好，直接塞進喬治的嘴裡也行，犯罪後，理都再把凶器重新織成原本的毛衣，交還給你，聽說熟練的話，不到一個月就能織好，只有前幅的話，應該能更快吧。即使如此，要小心不留下任何微小物證，連細節的細節都要凝神細心編織，這應該不是普通的難。我想理都應該是戴著手套編織，不過光想就覺得很辛苦。此外，針跡據說會依編織者而變化，要照原本的針跡編織，應該嘗試了很多次吧——他就這樣把編回原樣的毛衣交給你，讓你拿給齊木。冬天要來了，齊木不可能不穿。」

「我明白你的推理了。雖然想說幾句話，但我稍後再說。第三個計畫——能說說你對齊木爸爸墜樓摔死的看法嗎？」

「我和與齊木親近的遊民談過。那天晚上，齊木很高興地搭上最後一班公車出門，說是要約會。約他出來的就是你——」

「到那種地方？」

「齊木炫耀說他會和兒子一起住在漂亮的公寓裡。雖然那位遊民認爲是齊木的妄想，不過實際上，你的確和齊木說過這件事吧？你大概是打電話給齊木，說有一處房子，還沒蓋好，但想先讓齊木看看，不是嗎？」

「我有不在場證明，所以等在那裡的是理都吧。」

「不知道是他僞裝聲音，要求齊木上來，還是你說想買頂樓之類的，事先指示齊木到頂樓。」

「你想說接下來就由理都推他下去嗎？」

「不是嗎？」

「讓我告訴你一個你不知道的資訊吧。齊木在現場留下了一條死前訊息。」

悠紀第一次聽到。

「用自己頭上流淌的鮮血。」

「他寫了什麼？」

「以死前訊息來說太短了，」

志史在空中寫下了片假名的「イ」。

「イ……？或是人字邊？他是沒寫完就斷氣了嗎？」

「這件事有限制媒體報導。說是幾乎確定自殺，不需要引起不必要的猜測。」

「你怎麼看？齊木試圖寫什麼？」

「雖然筆順不同，但是這樣如何呢——我殺了立原恭吾。」

「這不是很奇怪嗎？如果準備自殺，應該在跳下之前就會寫。死前還打算寫出什麼的話，就代表他不是自殺。」

「打算自殺，結果在寫遺書前滑倒了。這樣的話，雖然是意外，但本質是自殺。」

「這確實也不是不可能。」

說實話，悠紀想到了一件事。不過一旦在志史面前講出口，只怕他當下就會起身離開，再也不會答應碰面。

不，即使志史不在，悠紀也委實難以出口。

「那你覺得是什麼呢？」

被一副不關己事的嗓音詢問，悠紀意識到自己正在被志史測試。

——一條只有兩筆劃的死前訊息。如果想成是人字邊，死前訊息是沒寫完的字，再單純假設齊木要寫能指出犯人的話語，悠紀想到的是——

絕對不能說出口，光是想到，就讓悠紀想揍自己一拳的答案是——「怪物（註）」。

理都在鷹架的最高處等著，用有燒傷的左側臉龐朝向齊木。當齊木上來時，用手電筒照亮自己的側臉。用不著出手推他，齊木就會尖叫著自己摔下去。

當然在圖書室制定計畫的時候，應該還只是「從高處推下，讓他摔死」這樣模糊的藍圖。也沒有蓋公寓的具體預定，就算有縱火的計畫，應該不會事先想到臉會被燒傷。

「我不知道齊木想寫什麼，但對你們來說，算是相當驚險。也許你們以為他會立即死去，不過萬一目擊到齊木的上班族跑來，齊木搞不好就能告訴他一些致命的事實。比起理都從鷹架下來，給他最後一擊，上班族絕對會更快抵達現場。就算不踏進現場，只要馬上打一一〇報案，理都能不能順利逃走，就會是個問題了。」

「在你的腦袋裡面，理都人在現場，已經是不可顚覆的事實了呢。理都是所有者，只要說自己出聲叫住可疑人士，結果對方自己摔了下來，這樣不就好了嗎？」

「他會被要求解釋，為什麼那個時間點還在工地。」

「只要白天也去工地一趟就好，白天和工人也打個照面，然後謊稱自己白天掉了東西，然後剛剛才注意到東西掉了。考慮到晚上特地去找的必要性，掉的東西必須是有一定價值或必要的東西。你——」

志史的視線筆直射向悠紀的雙眼。

「你似乎想說我和理都在國中圖書室制定了一套殺人計畫，並在畢業後花了七年執行。就算我和理都一直有聯繫，我們又是怎麼聯繫的？要怎麼決定日期和地點？我考上大學後，雖然有手機和電腦，但留下紀錄的話，就會變成我和理都有聯繫的證明。」

「雖然有點老套，寫信的話呢？」

「我要聯絡理都，寫信姑且可行吧。但你以爲立原爸爸不會檢查寄給我的信嗎？」

恭吾竟然做到這種程度嗎……他大概是這麼做了。他對待志史愈是嚴厲，就愈是警戒隨之帶來的副作用，簡直就是負面的連鎖反應。

「明信片呢？寫成暗號，寄件人是市井怜之類的。」

志史神色不變。

「消息的來源是花村女士嗎？如果是的話，你不是知道內容嗎？」

「我不知道，花村女士也沒筆記下來。」

「上面難道不是畫著地圖嗎？你聲稱我借給理都的我的衣服、毛衣和運動鞋就埋在那裡，你覺得怎麼樣？」

註：原文為「化物」。

志史在嘲笑悠紀。

嘲笑的同時，也在挑釁悠紀，要求他解釋如何交換毛衣和運動鞋。

志史也許可以在國中的時候，就在學校把毛衣交給理都，但運動鞋不可能。因爲當時運動鞋還沒販售。

理都如果要把毛衣交給志史，就算恭吾已經不在了，用會給高子留下印象的方式，也不能說是明智。

「快遞會留下紀錄，寄件人就隨便胡謅嗎？就算我可以用這種方式寄送，我必須要從理都手上拿到重新織好的毛衣，我要怎麼不被立原媽媽知道而收到毛衣呢？存局後領嗎？這樣可能會被職員記住吧。」

「交由小暮洋一在學校轉交……不，這樣也不行。」

不知情的共犯如果出面舉發，就會變成不利的證人。

「裝成陌生人，在車站月臺的長椅上挨著坐，把東西放進紙袋等地擱在中間，若無其事拿走之類呢？」

「要是能指定時間地點，也許可行吧。然後是基本的問題：如果你說我們在國中就計畫好一切，就會變成我們當時就知道以後會養喬治喔。」

「年屆古稀就退休，退休後就來養隻狗，早晚遛狗應該會是不錯的運動。姨丈這麼說過，雖然他七十一歲才退休，不過姨丈不是會隨便說說的人吧？」

「你不覺得理都爲我做的，和我爲理都做的，兩邊不太平衡嗎？」

「我剛才也說了，洋一最初也在計畫中？這樣就是各有兩個人。雖然很遺憾，理都受了嚴重的傷，不過你們應該不是會計較哪邊比較賺，哪邊比較虧，這樣現實的關係——」

「你又懂我們什麼了？」

志史的眼中激盪起銀藍色的刃紋。

「我的事情也就算了，不過我希望你不要繼續在理都周圍嗅探。」

「眞難得。」

「什麼事？」

「我第一次看到你生氣。」

不，這是第二次了。不久前，當悠紀口快，說出理都也許是刻意讓自己燒傷時……

「你以爲我沒有感情嗎？」

「我從來沒有這樣想過。」

然而，悠紀沒想到志史的情感如此激烈。

「你們上學的時候，在令學館國中附近有一間公寓叫曙杉公寓，那裡住著一個女孩。她的名字叫怜奈。在你們筆記本的故事裡，應該也有一位名字叫做鈴奈的盲眼少女或是天使登場吧？」

「她是天使少女。」

「曙杉公寓的怜奈也是盲人。」

「曙杉公寓在校門和公車站之間。我和理都每天放學繞道回家，在路上都會經過公寓。公寓是一棟兩層樓的建築，外面有樓梯和公共走廊。最初遇到的時候，怜奈正在二樓盡頭房間的暗紫色門口前玩球，結果球穿過欄杆，滾到我們腳邊。球裡面裝著鈴鐺，會鈴鈴作響。我們上了樓梯，想把球還回去。沒想到門突然打開，一個男人走了出來，瞪著我們，粗暴地把怜奈拉進了門。然後，門內感覺傳來了一聲細細的尖叫。我們感到在意，開始在經過的時候都留意公寓，結果發現怜奈每次都在那裡。她手上沒有球，只是抱著膝蓋坐在那裡。」

沒想到志史會娓娓道出往事，悠紀帶著一點難以置信的感覺，注視著志史。

「最初搭話的是理都。怜奈很瘦，看起來像五歲，但她那時已經快八歲了。她總是光著腳，全身說不上乾淨，很快就能知道她是遭到虐待。怜奈後來會下樓梯等我們，因為她黏著我們的樣子實在太可愛了，我們就讓她在故事中以天使的身分登場。」

「我聽說理都設法讓《鳶尾花》無法出版，以為是上面寫著他不想留下來的部分。例如筆記本上的故事裡，隱約透露出你們的殺人計畫，結果偏偏被杉尾蓮拿去抄襲。」

「杉尾剪走的頁面是我們思考設定，隨便亂寫的部分，根本無關痛癢，所以我們才沒管他。」

志史從信封裡拿出一本筆記本。淺綠色的封面，金色爬藤的鑲邊，上面還寫著名字——〈理都／志史〉——

「請拿去讀吧。看看裡面是不是寫著你妄想的殺人計畫。」

望著志史直接遞出，悠紀幾乎要懷疑封面是不是塗了毒藥，因而猶豫片刻。

「我有得到理都的許可，不過請當場在我的面前讀。我可沒打算出借。」

「可以嗎？為什麼？」

「因為你實在太礙眼了。半吊子地打聽理都和怜奈的事情，拼湊出半吊子的推理，讓人看不下去。」

志史說得平淡，但毫不留情。

「而且你有一個嚴重的誤解。我不能容忍那個誤解。」

故事的標題是〈彼方之泉〉。有兩個主角——〈我〉和〈他〉。

故事的構成是每經過一個短短章節，〈我〉和〈他〉會輪流替換當故事的敘事者。

兩人住在一處美麗的泉水旁。泉水的對岸什麼都沒有。只有變成了宇宙的〈時間〉，整片恆星們不停滾落。

泉水這側是一望無際的森林，獨角獸、合成獸等幻想中的怪獸和絕種的動物棲息於此地。渡渡鳥、恐鳥、旅鴿、日本狼、海角獅子……最近滅絕的物種會待在泉水附近。牠們經常爲了喝水而造訪泉水，和兩人十分親近。

愈久以前滅絕的物種，就會離泉水越遠。兩人談起在遙遠的盡頭，應該能看到恐龍昂首闊步。不過兩人都還沒見過恐龍。

某一天，恐鳥揹著一名天使少女到來，他們才得知天使滅絕了。

名爲鈴奈的天使少女，翅膀被扯下，雙眼被弄瞎。

天真無邪的鈴奈迅速與兩人打成一片，想知道這兩個人類爲何在這裡。這裡明明是滅絕物種的安息地——

故事以兩人向鈴奈講述過去的方式進行。

假設這兩人是志史和理都，將看起來是志史投射對象的角色稱爲S，將看起來是理都投射對象的角色稱爲R。S是「我」的時候，作者是志史；當R是「我」的時候，作者則是理都。這部分沒有任何特別轉折，僅僅是各自述說著對方的故事。他們會用「他這個人呀」開頭，向鈴奈娓娓道來。

S是瀕臨毀滅星球的豎琴樂師，彈奏七弦豎琴。S走遍垂死的國家，聆聽他遇到的人們所思所想，依照他們的願望來彈奏安魂曲，人們便聆聽著曲子逝去。最終所有國家都已毀滅，所有人俱都死去，星球上除了S之外沒有任何人。儘管如此，S仍繼續行走，一路朝著西南西——

當第一根弦斷掉，大地跟著斷絕；當第二根弦斷掉，大海跟著斷絕。曾幾何時，銀河在S腳下展開。

第六根弦斷掉之際，S來到一顆蒼藍美麗的星球。

而當最後一根弦斷掉的時候——

R身在飽受戰爭蹂躪的世界，他是一名少年兵。世界上只有軍人。小國紛紜爭搶土地，戰爭已經持續數萬年。

某一天，R撿到一隻有著美麗皮毛的小動物，悄悄地養著，卻被國王發現，想把動物拿來做成圍巾。R請求國王饒過小動物，國王便對R說：「如果你願意向我獻出你的身體與心靈，我就傾聽你的願望。」R答應了，但國王違背諾言，把小動物的皮毛剝了下來，製成圍巾。

R的悲憤化成火焰，包裹著R的身體，燒毀了國王、城堡和王都。R在燃燒的同時，仍繼續行走。大地因爲戰亂，近乎化爲焦土，死屍堆積如山。最後R連身體的最後一個細胞都化爲灰燼，他飄揚向宇宙，彷彿被什麼東西引導著，往東北東飄盪。

灰燼來到一顆琉璃色的星球，接著——

當最後一根弦斷掉的時候，S正站在一片水杉林。他的身體迅速腐爛，連骨頭都回歸塵土，雪白的灰燼落在其上。

當他們回神時，他們一起在恐鳥搖搖晃晃的背上，被帶到這處泉水的池畔。R的祈禱照亮了鈴奈的雙眼。當S彈奏無弦的豎琴時，旋律在鈴奈的背上變成了純白的翅膀。

「現在一讀，發現我們把自己寫得像是特別的存在一樣，讓人覺得有點羞恥。」

「我的誤解是指什麼？」

「你沒看懂的話，就算了。」

志史將筆記本收進信封，站了起來。

「請不要打擾理都。再繼續打探也沒有意義。所有資料都在你手上了，如果你還有什麼問題，儘管問我。」

「問的話，你就會回答嗎？」

「這取決於問題。」

志史留下寫著電話號碼的紙條，拿起外套離去。

2

「已經是五十年前的事了。我沒有一天忘記過，但我平常都假裝自己忘了。畢竟那起事件實在太悲慘了。」

川本的聲音透過電話，聽起來十分年輕，說話也十分清楚。

「小美代啊……她實在是太可憐。夫人個性很嚴苛，兩人相處得不太來。加上老爺又……對吧？所以夫人覺得她對老爺賣弄色相，更處處針對她。明明她怕都來不及了，怎麼可能還賣弄色相。她可是怕到想不開，從在藥局工作的朋友那邊取得硫酸並藏了起來，說是下次老爺又出手的話，就用硫酸來嚇唬他。」

「硫酸——？」

「當然她不是認真的，只是像護身符那樣帶著——小美代後來不是被釋放之後回到宅邸嗎？雖然事情沒算在她頭上，但是讓小孩死掉的保姆，根本沒有別的地方肯雇用。就算美代不情願，她也只能回到這裡。當時就是這樣的時代。不過眞沒想到會變成那樣……小美代一直說著『瓶子不見了、瓶子不見了』。」

「瓶子？」

「她說的是裝硫酸的瓶子，我當然不知道。我怕死了，怎麼敢去碰？她後來害怕的方式實在不正常。我光是從背後把手搭在她肩膀上，她都會雙腳一軟、發出尖叫。」

「硫酸就這樣不見了嗎？」

「是呀，我也跟著怕了起來，雖然上面說可以給我加薪，但我還是辭了工作……」

美代子想必後來連臉也不敢洗，更沒辦法安穩睡個好覺。是誰拿走了那瓶硫酸？是老爺還是夫人？什麼時候會遭到攻擊？

大概就是這份恐懼，以及害死年幼小孩的罪惡感，摧毀了美代子的精神，並導致她走向自焚。

悠紀謝過她，掛斷了電話。他接著發了一封電子郵件給野崎，說想再找他談話，希望野崎告訴他什麼時候方便打電話。半夜的時候，野崎就來了電話。

「什麼？怎麼了嗎？」

「不好意思，在你忙的時候打擾。」

「好了，快說重點。」

「我想問你知不知道小暮萬里子的潑硫酸事件。如果你知道，我想問得更詳細。」

「我當然知道。只是因爲字數問題，我沒有寫在報導裡。我把手上跟那起事件有關的資料，用電子郵件寄給你就好了嗎？」

「是的。還有萬里子工作的俱樂部名稱，如果可以的話，還有她當時的花名。」

「俱樂部是位於八丁目，叫做二藍的店。由當時叫做茜的媽媽桑接手了。俱樂部現在還在營業，風格變得輕鬆隨意多了。小暮萬里子的花名是櫻子。說到她的美貌，就一定會談起潑硫酸事件，至今仍然是銀座的話題。」

二月二十六日，悠紀早上到訪了埼玉縣的墓園。花店不賣麒麟草，而且說起來，麒麟草是夏末到秋天才開花。悠紀最後選擇了安全牌的佛堂供花，放在優璃花墓前上香。

——明年生日的時候，我還會來的。

沒有回應。

該在的地方反而見不到人影，悠紀露出苦笑。

他先回公寓一趟。晚上才前往銀座。

在二藍的入口處，黑衣人飛快地瞥一眼悠紀的手表，打開了門。戴上父親作爲成年禮贈送的手表，看來是正確的選擇。

俱樂部並不大，在難以形容是暗是亮的吊燈下，有七八位女公關。客人只有幾人。悠紀告訴搭理自己的女公關，可以點喜歡的飲料和食物。他用濕紙巾擦過手之後，一位女性出現，她身穿翩舞蝴蝶配紫藤色辻花圖案的和服，妝點出花蝴蝶的風情，卻又不失品味。她出聲招呼悠紀：「第一次來的客人呢，歡迎。」

「請問妳是茜女士，對吧？」

悠紀沒有時間成為常客，也沒有那份資金。他也不擅長繞彎子打探。

「突然造訪很抱歉，我是若林。我不會花妳太多時間，希望稍微問妳一些問題。我能等到俱樂部關門，也能指定日期時間改日再約。大約十八年前——」

茜一瞬間睜大眼睛，但她很快就嫣然一笑。

「好呀，我們現在談吧。就當作感謝你點了本店推薦的酒。」

茜用眼神示意坐檯的女公關離座。在燦爛璀璨的人造燈光下，茜閃閃動人的豔麗妝容，顯得老奸巨猾——還不到這個程度，但也相當老謀深算。

「我是某個事件受害者的外甥，在調查事件時，發現可能和十八年前的一起事件有關。所以想來問當時在這裡工作的櫻子的事情——」

服務生恭敬地端上酒水，悠紀打住。

看到服務生跪下開瓶，悠紀才終於想到價格問題。這瓶酒到底多少錢呢？

——做到這種程度，到底是爲了誰？

優璃花的嗓音在悠紀耳邊低語。

——是爲了那個叫志史的人？還是爲了老師自己？

應該是後者，悠紀在心中回答。

自己救不了優璃花，也救不了志史。

悠紀既沒有力量，也沒有資格。他在還有機會挽救的時候，沒有伸出援手。

即使如此，志史還活著。

沒錯……他還活著。

悠紀拿起杯子抿上一口。原本似乎在等著乾杯的茜苦笑著放下酒杯。

「櫻子女士——本名是藤木萬里子——妳還記得她嗎？」

「櫻子眞的是很漂亮的女人。她是我找來的，剛來店的時候，她還是學生，尚未成年。這可是個祕密。」

舉止流暢的茜行雲流水地說道。

「她是在地方城鎭的家庭長大，沒有母親，只有父親。高中畢業後，她進入東京的大專學校。不到一年，她父親再婚，家裡自此就不再寄錢給她，她必須要自己掙生活費和學費。」

年輕又美得驚人的萬里子，就連初入行的生澀感都大受好評，她很快聲勢看漲，直逼店內紅牌。也許這行本來就適合她，她從大專休學，專靠女公關工作賺錢——

「她途中生了小孩，對吧？」

「她一年後就回來了。可能算是相當特殊的例子，不過這也代表她的價值多高。」

「她應該有很多捧她的好客人。」

「是的，這裡當時是比現在高級很多的店。」

「小暮靜人是那些客人之一嗎？」

「你說的是櫻子丈夫吧。最初帶他來的是一位畫家，是一位說出名字的話，若林先生你一定知道的大畫家。小暮先生在藝術雜誌上，發表了對那位畫家初期作品的評論，結果讓他很欣賞。當時坐檯的就是櫻子，小暮先生對她一見鍾情。」

接下來靜人就開始獨自到俱樂部報到。他出手大方，也不會糾纏女公關，安靜喝上約兩小時就會回去，自然算得上是上等客人。靜人甚至連手也不會摸，所以萬里子也歡迎他。

某一天發生了這樣的事情：一位敵視萬里子的後輩女公關，在靜人面前說：「想不到妳身體和腰都這麼細，竟然有孩子，眞是令人難以置信。看妳總是這麼漂亮，實在太厲害了。」這種事當然違反規矩，那個後輩女公關當天就被開除了。萬里子則若無其事地給靜人看她孩子的照片，說：「對，就是這孩子，很可愛吧？」

這其實是萬里子輕視靜人這位客人，但另一方面，這也代表她對靜人不設防。從壞心眼一點的角度來看，萬里子此時說不定已經考慮過結婚這兩個字了，茜這麼說道。

「不過小暮先生不知道是否明白這一點……櫻子的美貌和圍繞著櫻子的大人物們，似乎讓他感到壓倒性的自卑。」

「不過萬里子女士成爲了可怕事件的受害者。」

茜皺起描成對稱弧線的眉毛。

「不知道到底是誰犯下這麼可怕的事。不過可以說，那件事把櫻子和小暮先生牽在一起。小暮先生在櫻子的臉受傷之後，終於覺得自己配得起櫻子，就向媽媽桑——當時的媽媽桑——表露心聲。」

「事發當晚，小暮靜人在店裡嗎？」

很難說呢，茜說道，眨了眨刷著厚厚睫毛膏的睫毛。

「如果妳想起來，可以打電話給我嗎？」

悠紀撕下筆記本，寫下自己的電話號碼，遞給了茜。

「這樣有幫助嗎？」

「當然。抱歉在妳工作時來打擾。」

「沒關係，你是以客人身分來的。」

茜示意服務生結帳。

「隨時期待您再次來訪。」

帳單金額好歹算是落在預算內——雖然預算設定得很高。悠紀付了帳，離開店裡。

悠紀從新橋車站搭上山手線，確認手機的時候，發現收到來自野崎的電子郵件。郵件沒有內文，只附上幾個尚未整理的資料。

悠紀將檔案一一打開逐字讀過。他並不是眞的對資料抱持明確的希望，只是想增加眞相的拼圖，讓他能看到更多。但悠紀讀到一篇文章時，他幾乎要「啊」地喊出聲。

在陽臺上等待聖誕老人的理都（五歲）目睹了犯人，說是「叔叔」犯案。附近只有一盞路燈，暗得難以辨識人物長相，受害人住處又在公寓三樓，和馬路有一段距離，兼之理都年紀尚幼，不具備作證能力，因此無法下定論犯人是男性。

第八章

玻璃窗

1

三月一日，這日陽光和煦，昨天飄揚的雪花簡直就像騙人一般。洗完堆著的髒衣服，悠紀騎著自行車前往文京區的植物園。

在〈彼方之泉〉描繪的故事裡，S向西南西走，R向東北東飄流，到達暗示是地球的星球，進到一片水杉森林。

悠紀在志史面前讀的時候，就覺得描述過於詳細，猜測他們刻意使用十六方位是別有用意。

他後來調查文京區地圖，發現立原家在小暮家的東北東方位，小暮家在立原家的西南西分位，中間有一座植物園。

水杉是一種在化石中發現的樹，被認爲是滅絕的物種。在日本的名稱是曙杉或一位檜，這座植物園與皇居並列，是日本第一處種植水杉的地點。

正門外的小徑右側是片水杉林。如果仰望直刺天際的高挺樹梢，就可以看到樹梢正在長出穗狀花序。

對兩人來說，每天從圖書室望見樹梢的水杉，想必是具有特殊意義的樹。

「微風行過髮絲，沙沙撩響水杉的樹梢。」悠紀口中低吟理都的短歌。從新春歌會以來，悠紀就一直沒碰短歌。他要忙搬家，還一直思考著事件，連同好會的會刊也沒看。

即便如此，當他讀到《羽翼的墓碑》時，還是久違地產生一種感覺，彷彿場景的碎片和模糊的思緒正試圖化爲文字作響。

悠紀試著一首首念出《羽翼的墓碑》。

直到那時，他才注意到，最後一首歌不是在圖書室裡寫的歌。

不是微風撩響樹梢，行過髮絲；而是微風行過髮絲，撩響樹梢。「我們」是在戶外。當然歌的內容不一定是事實，用想像編織而成的作品應該更多。然而，在悠紀看來，這十首歌都在描述理都的眞實體驗。

悠紀踩進鬆軟的泥土，觸摸水杉的樹幹。馬路行道樹的水杉，較低的枝椏大多經過修剪，這裡的樹則是自然生長。

——志史和理都就是用這個樹枝——

悠紀在搜尋水杉照片時，偶然發現一個部落格。這位部落格作者似乎喜歡在東京和鄰近縣市的庭園「逍遙」。悠紀在搜尋圖片時，特別注意到它的原因，是上傳照片中的水杉底層枝枒上，飄動著一抹苔綠色。

日期是三年前的三月二十二日。水杉的照片有三張，第一張照片中，一條苔綠色的細布條，被整整齊齊地用蝴蝶結綁在畫面右方最低的枝椏上。

植物園開門後不久。有人掉了緞帶，看來有好心人把它綁在樹枝上。

第二張照片是同一棵樹，這一次是畫面左側的底層樹枝上，綁著同樣的苔綠色布條。綁法同樣是左右對稱的漂亮蝴蝶結。

在植物園繞一圈之後，蝴蝶結移動了。有點不可思議。

之後部落格作者就搭地下鐵，到鄰站的庭園，吃完午飯又再次回來。根據樹枝的分叉，第三張照片和前兩張是同一棵樹，但是不論左右，都沒綁著苔綠色布條。

我很好奇，又回來了。蝴蝶結不見了，是隨風飛走了嗎？希望是失主帶回家了。

悠紀確認令學館制服的圖片。國中部制服的領帶和領結的顏色，與綁在水杉樹枝上的布條顏色非常接近。不，根本就是一樣的顏色。

然而，綁在樹上的並不是領結。

那是領帶——被剪成七條，在令學館國中畢業典禮當天，理都在圖書室窗邊剪掉的那條領帶。

理都並沒有在情緒激動之下剪碎領帶，也不是爲了表示他與志史絕交而表演。志史想必也把領帶剪成七條布條。

然後兩人約好在每年的三月二十二日——也許每年的日期都不一樣——在位於兩人住家中間點的這座植物園，在水杉樹上各綁一條布條。

那就是《羽翼的墓碑》第九首的這首歌。

綁上七分之一的誓言／水杉是／直達天空的樹

兩個小心翼翼的人，即使在這裡也沒有碰面。他們事先決定時間。比方說，理都在右邊的樹枝繫上領帶，然後離開這個地方。

十分鐘後，志史來了。他取下綁在樹上的領帶，拿出帶來的領帶，綁在左邊的枝椏上，接著離開現場。

十分鐘之後，理都回來，解下志史的領帶，離開植物園。

再過十分鐘，這一次換志史回來，確認樹上是否沒有領帶——理都是否已經帶走。

就算不是十分鐘後，而是三十分鐘或一小時後也可以。總之悠紀認爲兩人每年都進行這樣的步驟。

這是表明自己的意志沒有動搖，也是確認彼此關係的儀式，更是一種「誓言」。

田村奈緒說過，理都在高中三年期間，內部生就只有他一人，從不打國中時期的領帶，從頭到尾都是打規定的深棕色領帶。

悠紀拿出他的手機。他爲了方便隨時都能閱讀，以郵件附件的方式，用電腦把事件的資料寄給了自己。

標題是「筆記」的信件，裡面是悠紀趁記憶猶新的時候，打在文書軟體上的〈彼方之泉〉的內容。

自己對什麼有所誤解，而答案就在這裡面。

悠紀慢慢地重讀第兩遍時，注意到了「那裡」。

……如果這是那個意思……如果這與潑硫酸事件有所關聯……

如果他們還沒找到，那麼在這世上的某處，就還剩下一個能證實這項假設的證物。

來找出那件物品吧。

2

三月九日，悠紀打開門的時候，穿黑西裝和黑風衣、繫著黑色領帶的志史，正朝肩膀撒祛邪的鹽。

「你參加了誰的葬禮嗎？」

「嗯，是啊。」

志史脫下外套，將一雙鳳眼轉向悠紀。

「你想給我看什麼？」

「在那之前，你能告訴我，我給的答案是否正確嗎？」

「答案……」

「你不是說我有所誤解嗎？」

「這可不是小考也不是測試。」

悠紀像上次一樣，把事件從①編號到⑧的兩張紙，並排放在坐在沙發上的志史面前。

「透過五十一年前的事件，我明白了一件事。」

悠紀指向「②户田美代子（二十歲）自殺——五十一年前」。

「美代子爲了保護自己免於小暮家老爺的魔爪，弄到硫酸。不過，她被釋放之後，瓶子就從藏匿的地方消失了。被潑硫酸的恐懼，以及殺了小孩的罪惡感，把她逼得走上絕路。這只是我的猜測，不過我認爲是洋一把她藏起來的硫酸，轉移到別的地方。」

「是老師……？」

「他並不是要偷硫酸，而是爲了把硫酸從美代子手裡拿走才藏起來。硫酸就這樣遭到遺忘，藏在小暮家的某個地方。多年後靜人找到了它。」

悠紀將指尖移向「③藤木（小暮）萬里子（二十九歲）隨機潑硫酸事件——十八年

前」。

「這個案子有證人，當時五歲的理都從陽臺上目睹一切，他明確作證『是叔叔做的』。如果警方願意好好傾聽……當時附近可能確實一片昏暗，沒什麼燈光。但從三樓的陽臺上，一個眼睛好的小孩，應該認得出認識的人的臉吧。『叔叔』不是指年齡介於哥哥和爺爺之間的男性泛稱，而是對特定人士的稱呼。」

悠紀本來並未期待，沒想到，二藍的茜特地打電話過來，說是可以讓悠紀確認店內紀錄同伴（註）與指名的筆記本。根據紀錄，潑硫酸事件的當晚，靜人有到俱樂部，由萬里子坐檯。他離開的時間不明，但據說靜人從未在店內待到換日。

換言之，靜人確認萬里子有出勤，就在萬里子的回家時間，潛藏在公寓前埋伏她。

「當時理都管靜人叫『叔叔』。」

叔叔——當悠紀從野崎的資料中找到這個詞，並且意識到〈彼方之泉〉中某一段暗示的意思時，他原本以為完成的拼圖，頓時像錯視畫一樣，呈現出另一番風貌。

「對萬里子潑硫酸的人就是小暮靜人。花村女士說，靜人真的很疼愛理都，理都也總是喊著『叔叔』，黏在靜人身邊。理都根本不可能黏著靜人，只是在她眼中像是如此。」

「靜人的動機是什麼？」

「萬里子對靜人來說太漂亮了，照這樣下去，她永遠不會屬於自己，所以……」

小暮靜人並不是「儘管發生了這樣的慘事」，才和萬里子結婚，而是爲了結婚，「讓這樣的慘事發生」。

「我能明白警方不認眞看待理都的話，但萬里子又是怎麼一回事呢？理都難道沒告訴她，罪魁禍首究竟是誰嗎？」

「應該是即使說了，萬里子也不會相信。個性軟弱、把自己當女神一樣崇拜——當時萬里子這麼認爲——靜人不可能會做出這種事，他也做不到。」

「理都是說不出口。」

語氣彷彿帶著一抹憂傷——志史第一次用令人感受到內心波動的聲音說道。

「受到淒慘灼傷，沒辦法到店裡。原本拚命想要得到自己的男人們，只送了慰問金之後，一個接一個轉身離去，只有靜人還是和以前一樣——不，他甚至比以往更加熱情地朝萬里子伸出援手。讓人無法責備萬里子選擇依靠他。看到這樣的母親——理都說不出口。他無法做出讓她更加受傷難過及絕望的事情。」

花村並非觀察出錯，而是理都也隱藏眞心地演戲，在萬里子面前，爲了她而這麼做。

「如果是不惜潑硫酸也要得到的女人，在同一個屋簷下，和自己的父親搞外遇，應該

註：同伴指女公關自己帶客人來俱樂部。

讓人無法忍耐。然而靜人卻不離婚，依舊疼愛理都。」

「非常的矛盾。」

「這就是誤解。」

「這是你的答案嗎？」

「你們做的不是⑤，而是這邊。」

悠紀指著「⑥小暮靜人（五十二歲）溺死——去年」。

「你在不被靜人發現的情況下，來到小暮家，躲在理都的房間裡。理都像往常一樣和靜人共進晚餐，讓靜人喝酒，照每年的慣例拜訪萬里子。你就等靜人去浴室泡澡——只要留心注意就能從聲音知道——然後走進浴室，趁靜人還來不及吃驚的時候，立即把他的頭壓進熱水中。一個五十多歲又喝了酒的發福男人，在熱水中再怎麼掙扎，都是從上面制壓的你力道比較強。隔天早上，你和回來的理都一起清理了殺人的痕跡，你則自然地從大門離開。那一帶是高級住宅區，沒什麼人。如果有必要，你也可以對宅邸的保全攝影機動手腳。理都再裝出才剛發現的樣子，打一一〇報案。」

如果同居的家人是共犯，偽裝作業根本輕而易舉。

「按照你的推理，這是我們在國中時制定的計畫。我們不可能預料到洋一老師人不在家吧？」

志史淡淡地反問。

「你要說我們連老師失智都預測到了嗎？萬里子呢？我們是計畫殺了她？還是連她陷入昏迷都在計畫之中？」

「你們應該是打算送他們去旅行之類的吧？理都當然也會有不在場證明。假設他是大學生，在附近二十四小時營業的家庭餐廳寫畢業論文也可以。平常就不時在家庭餐廳寫報告，營造在那裡動筆會特別快的假象。」

「那這邊又怎麼樣？」

志史指的是「⑤小暮宅畫室火災——四年前」。

「眞的是萬里子放的火吧。理都只是拚命想救她而已，所以你才會那麼生氣。」

「縱火的動機是什麼？」

「也許……是她知道了靜人和理都的關係。」

「關係？」

「靜人迷戀的不是萬里子。」

起初靜人也許是對萬里子有興趣而到俱樂部。然而，當他看到理都的照片時——

容貌美得足以在夜晚的銀座成爲傳說的萬里子，和讓人認爲是阿拉伯血統的外國人之間所生下的理都，一定有著彷彿融合數種民族，令人難以形容的深刻外表。即使是四歲或五歲拍下的照片，就足以想像他將來會長成怎麼樣的少年。

「靜人對萬里子潑硫酸，是爲了和理都同居。迎娶萬里子，是爲了讓理都成爲自己的所有物。」

正如志史所說，〈彼方之泉〉裡有答案。國王對R說的話——如果你願意向我獻出你的身體與心靈——R服從了。

事實上，人心不受拘束，也無法強制服從，能支配的只有肉體而已。

國王對R——

也就是說，靜人對理都——

「理都被靜人叫去畫室的時候，總是一臉憂傷地望向萬里子。花村女士說，理都可能是因爲萬里子不肯一起來，所以感到寂寞。」

理都想來並不是在求救。

他只是悲傷痛苦，也許在內心深處，他希望有人察覺得到——

沒有人注意到。三個大人，沒有人幫助理都。花村以靜人是被害者，萬里子是加害者的有色眼鏡看著一切；里子萬事都自己優先；洋一在外工作，在家的時間不長，和靜人又相處不好，所以和靜人不太往來。

靜人從不讓任何人進入畫室，說起來，也沒人對靜人的畫作感興趣。理都就算撕爛了嘴，也說不出發生在自己身上的遭遇。

「靜人帶理都去畫室做的事情……他應該是以理都爲模特兒作畫，但不只如此。」

志史沒讓悠紀說到最後。

「不管有什麼性傾向或嗜好，只要不傷害任何人，就算喜歡年輕男孩也無所謂。古往今來，這類事情並不少見。如果是住在一起後，感情日漸升溫，那也就算了。但靜人懷抱的情感根本不是愛情，只是糜爛的欲望。我知道理都的一切——所以我可以向你保證。那個男人只是把理都當作骯髒的自慰工具。根本不可饒恕。」

悠紀慢騰騰地站起身。

「我不是有東西要給你看嗎？」

他打開臥室的門，轉身叫志史過來。

「就是這個。」

空了一半的書櫃上，靠著一件用芥黃色布料包起來的包裹。

悠紀聽人說這是F六〇號的畫布尺寸，長邊約一百三十公分。

花村說靜人的畫作只賣出了一幅。

悠紀詢問茜，帶靜人來的「大畫家」，是否曾經和一位操著京都口音的畫商來過。

茜對「大畫家」的名字保持緘默，但願意以「對所有人保密」爲條件，透露畫商的資訊。對方據說從父親那一代起，就在京都嵐山經營著一家名為「峰」的畫廊。

一切似乎是因爲畫壇重鎮的老畫家太過雞婆，他聽說靜人有在畫畫，便介紹平常往來的峰，峰也因爲老畫家的關係而不好拒絕，只好買了根本不想要的畫作。

比峰更感到困擾的，大概就屬靜人。靜人畫畫並不是爲了得到別人的認可或獲獎。相反地，他一幅畫也不想放手。

志史的手指勾在包裹的綁結上。

——那個人的畫作，每一幅都過於淫靡……

一頭白髮，舉止優雅的峰用悠緩的京都方言這麼說道。

如果貫徹這一點，也不是不能從另一種角度來欣賞，但作品又帶著童話調性，讓我實在無法給予評價。技術也很半吊子。對有某種嗜好的人來說，想必是一幅令人無法抗拒的畫作，擺在店面的話，應該很快就能脫手。不過我有我的審美眼光和鑑賞力，以及做了半世紀畫商的矜持，所以沒把這幅畫擺出來賣——峰是這麼說的。

志史的手指解開了綁結。

芥黃色的布料落在地上，露出一幅裱著樸素銀框的油畫。

志史撲動幾下睫毛。悠紀無法從他的側臉看出他是在一定程度上已經有所預測，還是完全吃了一驚。

「這是——怎麼回事？」

「標題是《玻璃窗》……」

「怎麼回事？」

「我是從京都一家畫廊的老闆手上買的，老闆當時礙於情面不得不買，買來後連包裝也沒拆，一直收在倉庫裡，所以除了他以外，沒人看過。」

「你去了京都一趟？」

「開車前往的，這種程度的話，後座也放得下。」

背景畫著一扇窗戶，前景左端有一盆觀葉植物。盆栽底部有寫著「靜人」的簽名。

一名淺褐色皮膚的少年向後站著，半個身子遮掩在綠葉之後。

他全身赤裸，頸項幾乎淪於畸形地修長優美，不論是描繪著宛如翅膀殘跡的肩胛骨背部、柳樹一樣柔韌的手臂、從平滑腰線延伸出來的雙腳，都纖細得令人心痛。

他右手抓住的毯子委落地面，在地上蜿蜒曲折，底下露出來的應該是內衣和皮帶。

窗戶的左半邊掛著蕾絲窗簾，右半邊的玻璃因爲是夜晚，變成一面霧黑的螢幕，映出少年的半邊身子。

——十六歲，不，十七歲左右吧。他長長的瀏海鬈曲斜向流過前額，髮梢鬈起，掛在耳朵上。少年映在夜色玻璃上的臉龐朦朧模糊，帶著藍色調、幾近銀色的眼白和縞瑪瑙般的瞳孔卻清晰鮮明。倒映在夜色中的黑色眼珠顯得更加幽暗深邃，半開的嘴唇隱約帶著色情的濕意。

當悠紀在畫廊的倉庫面對這幅畫時，他不由自主地低語出聲。

「理都……」

在追查了這麼多之後，悠紀只看過一張小暮理都的照片，一張國中畢業紀念冊的照片。儘管如此，理都的圖像還是生動地烙印在視網膜上。

沿著理都背脊上掠過的筆跡，看起來像是色彩偶然的惡作劇。等到悠紀發現那其實是帶著紫色的鞭痕時，他忍不住別開視線。

那個人的畫作，每一幅都過於淫靡……峰就是在這個時候開口。

即便如此，這幅畫作在靜人的作品中，還算是沒那麼露骨的作品。畢竟靜人提供峰觀看的作品，應該已經篩選過了。

其他的畫作會是怎麼樣的作品——悠紀不願繼續想下去。

畫布上畫的是「愛人的畫」，這份證詞是正確的。

志史一動也不動地站在畫前。

「悠紀，這幅畫請賣給我。」

「你打算怎麼做？」

「請借我美工刀。刀子或剪刀也可以。」

悠紀遞出剪刀，志史馬上用剪刀抵著布面，接著上下左右地割裂整張畫布。從側面望向他的眼眸，那對雙眼就像利刃一般。

志史最後剮出「靜人」的簽名，喘著氣將剪刀交還給悠紀。

「要喝點什麼嗎？」

「請給我啤酒。」

「下酒菜要什麼？」

「什麼都好。」

悠紀打開零食餅乾的包裝，擱在客廳的茶几，並將一罐冰涼的啤酒遞給坐在沙發上的志史。志史雖然已經恢復平常的的撲克臉，但悠紀彷彿還能看見薄冰底下搖曳的火光。

就像前幾天，兩人隔著桌角相對而坐。悠紀盤腿坐在地毯，打開自己的啤酒。志史朝零食伸出手，把一兩個放入口裡。

「——我第一次吃。原來是這樣的味道。」

志史鬆開領帶，打開啤酒罐。

「那幅畫多少錢？」

「老闆拿著也很困擾，所以用當初買的價錢賣給我。」

「我付。往返的油錢和高速公路過路費也是。」

「別在意，是我自己擅自這麼做。」

「為什麼？為什麼要做到這種地步……對你來說，應該是毫無關係才對。就連母親都想把事件拋諸腦後。」

「嗯，阿姨似乎很困擾。」

「齊木爸爸是凶手的話，母親就能放心了，她並不想繼續打探，免得捅出馬蜂窩。母親其實也知道馬蜂窩存在的可能性，只是她不去看。只要不去看，就不會映入眼簾。不映入眼簾的話，就等於不存在……你不覺得這樣眞的很符合母親的作風嗎？說起來，如果她懷疑我，在委託你之前，她大可選擇先問我，問我是不是殺死了父親……看來母親似乎相當怕我。光是她還會怕這件事，就證明母親還算好了。畢竟恐懼就代表她感到罪惡感。父親大概直到死前最後一刻，都不曾對我有這種想法。」

「要是阿姨問你的話，你會怎麼回答？」

「——沒錯，就是我。妳覺得還會有誰？——」

悠紀屏住呼吸。志史第一次承認了。

「你能跟我談談嗎？我沒錄音。」

「這種程度我還信你……打從一開始就是。」

志史喝完啤酒，把空罐放在桌上。

「我不知道靜人把這幅畫賣給了誰。靜人每次說起這件事，心情就會不好，理都無論如何都問不出來。線索只有花村女士說的『操京都方言的畫商』。理都說就此放棄，畢竟畫要是被人買走了，我們也束手無策。即便如此，我還是打算找遍京都所有的畫廊……那是最後一幅理都的畫，其他全都被我燒掉了。你找出那幅畫，並交由我處置，根本難以想像我為此有多感謝你。所以——」

——當時是國中一年級，我在暑假結束前往學校的時候，發現圖書室的窗戶外有一對斑鳩正在水杉樹上築巢。

不知不覺之間，雛鳥孵出來了；不知不覺之間，親鳥不見了。理應人去樓空的鳥巢裡，突然間剩下一顆蛋。

被捨棄的蛋——除了我，理都也掛念著這顆蛋。

理都個性害羞，我沒事也不會特別找人說話——以前不是這樣就是了——所以我們不曾交談過。然而有一次，巢裡的蛋不見了。往下一看，蛋落在地面上。我馬上離開圖書室，跑下樓梯，途中遇到早我幾步的理都。

察覺到腳步聲的理都回頭一看，和我對上視線，開口說道。

「蛋——」

我點點頭，兩人一起來到樹下。濃稠的暗黃色液體從破碎的蛋中流了出來。

理都一言不發地蹲在那裡，開始用手挖掘樹的根部。我一起挖，把蛋埋在那裡。

在那之後，我們就開始親密交談，待水杉的葉子染上色彩，我們已經熟知彼此——就連最不想被人知道的事情也是。

我以爲自己已經習慣了憤怒的感覺，但眞正的憤怒不是那種東西。聽到理都繼父對他的所作所爲，我才第一次知道眞正的憤怒。

都是理都的錯，靜人每次都這麼說。爲什麼要讓我做出這些事？竟然誘惑我，理都眞是個壞孩子。

這是卑劣至極的責任轉嫁，但理都被他的話語束縛。

不是理都的問題，理都一點錯也沒有——要讓理都明白這一點，我不知道費盡多少唇舌。理都是純潔的，沒有受到任何人污穢。

唯有靜人是絕對無法饒恕的。

我思考著如何才能拯救理都。

即使告發他——就算靜人的罪行被揭露後受捕，我也很清楚等著他的刑罰根本不夠重，只會讓理都暴露在名為同情的好奇目光下，因此受傷而已。

殺了靜人是最好的方法，死亡是唯一適合他的懲罰。

我來動手也可以，被抓進少年感化院也無所謂——但那會讓理都有罪惡感。不但如此，他還會為了尋求酌情處分，講出最不希望被人知道的事情。如此一來，就沒有意義了。

為了避免這種情形，必須讓靜人的死像是意外。在沒有站臺門又繁忙的車站，趁電車進站的那一刻，將靜人推下鐵軌之類的意外。不過靜人很少出門。

發生在家中的意外死亡，無非是從樓梯摔下來，重物掉在頭上，或在浴缸裡淹死。

如果靜人在家裡沒有其他人的情況下，喝醉淹死在浴缸裡，這樣一定會被視為意外死亡——這就是計畫的出發點。

理都說不能只有他有好處，我就要求他殺死立原爸爸。

從被立原家收養的那一刻起，我就像隻被困在籠裡的鳥。就算在籠子裡也無妨，只要讓我一天彈三十分鐘的鋼琴……只要有鋼琴，我的心就能前往任何地方。

但在國中期間，我連鋼琴都遭到禁止，鋼琴被上了鎖。

不考上青成學園就不能彈鋼琴——當時我拚死讀書，因為我想彈鋼琴，我實在太想彈鋼琴了。

我被說考試不是滿分或最高分，就代表努力得不夠。但在青成學園同年級的學生中，有眞正的天才，他的堡壘是凡人所無法撼動。因此我從未考取令父親滿意的結果。

感冒或身體不適，我就會被罵自我管理太差。光是被蚊子叮也會被罵，眞是只能笑了——雖然我笑不出來。

他從未說過慰勞或溫柔的話語，儘管他的確不曾像齊木爸爸那樣，對我揮拳相向。完美的舉止、禮儀、日常生活，要二十四小時都如此，維持三百六十五天，這並非易事。我自覺居人籬下，所以乖乖聽從，但我認爲扮演替罪羊的角色，我做的已經夠了。

不過和理都遭受的屈辱和痛苦相比，那些根本就像輕柔的碰觸而已。

實際上，我沒有恨立原爸爸到想殺死他的地步。

殺意僅止如蛹，當時不過如此。

不過我不想讓理都感到愧疚，爲了讓我們地位對等，我們才計畫由我殺了靜人，理都殺死立原爸爸。

下課和放學後，理都和我就計畫進行了徹底的討論。

如何才能不被懷疑，怎麼樣才能成功？

除了達到目的，還要同時讓兩人都能站在太陽底下、得到幸福，否則殺人就沒意義了。

筆記本是——單純用來打發時間而已。我們兩人一邊想著設定，一邊交替書寫對方。以講給天使鈴奈聽的方式來寫故事。

最後得出的結論是，急也沒用，我們必須花費不短的時間。我和理都在那時關係太過親近，交換殺人會無法順利執行。我們必須變成毫無關係的陌生人。

不，這不該說是交換殺人。交換殺人是交換想殺死的對象，但我和理都的話——我比理都更想殺死靜人，我想理都應該也一樣。

不過我們需要決裂。一旦學校不同，即使我們疏遠彼此，旁人也看不出來。所以我們必須在國中的時候就決裂。

剛好那個時候，齊木爸爸的緩刑結束，他開始纏著我。

他竟然想找我這個國中生要錢。他用想喝咖啡，給他一百三十元之類的藉口靠近，眞是徹頭徹尾的人渣。要是他一輩子都不在我面前出現，也許我還會忘記。這一下，讓我五歲時就懷抱在心的殺意又復甦了。

如果他打算纏著我一輩子，那我決定要加以利用。我決定不只是殺了他，還要讓他成爲殺害立原爸爸的凶手，反正齊木爸爸也有動機。我在美奈子以前使用的房間找樂譜——我把書桌當成鋼琴，每天練習手指，所以需要各種樂譜——結果找到了齊木爸爸的手織毛衣，於是就策劃了那個計畫。

我只是粗略地想，要是父親眞的養狗，趁早上遛狗散步的時候下手應該不錯。我對此並無執著，只要視情況挑時間，等他前往沒什麼人的地方就好。

計畫執行是在七年後，我們大學四年級的那一年。當時我們只決定了這件事，等七年一到，就由需要幫忙殺人的那一方，用明信片通知執行的詳細日期時間。

寄件人的名字，我是用市井怜，理都是把老師的名字加了一筆，改成小暮洋二。在明信片上適當編造辨認得出日期和時間的內文，讀完之後就燒掉。

因為是單方面的通知，所以執行方絕對不能勉強，這一點很重要。

臨時有事，或身體狀況不良；準備下手的時候有人現身，或出現意外情形。在這些情況下，千萬不要輕舉妄動，等待下一次機會。

比起靜人的意外死亡，我覺得把立原爸爸的殺人事件排到後面比較好。一方面要殺立原爸爸的話，需要在穿毛衣的季節才行。不過考慮到齊木爸爸是遊民這一點，說不定只要不是炎炎夏日即可。

我身處在難以練習編織的環境——此外，我對編織棒有一些創傷——理都知道這一點，所以表示由他來編。

就像這樣，我依賴理都的情形多得多了。明明是理都遭遇比我更痛苦的事情。

我不能留下任何證據，所以我一遍又一遍地重覆，說了幾十遍來確認。

去年七月，我收到了「小暮洋二」的暑期問候明信片。明信片提到的數字是八、十二和十四。

八月十二日，下午兩點。我到理都家的時候，理都在門前等著。靜人有打盹的習慣，那天他似乎也睡得很香。我拿起鞋子，踏入房內。理都告訴我浴室的位置之後，我就前往理都的房間。

我們趁這個時間點，討論了之後的事情。

要殺立原爸爸，就利用他會參加有馬溫泉校友會的十一月十日——因爲是他，我猜測當天他一定會特別提早遛狗，果然不出所料。

爲了確認遛狗的路線，我還和他一起散步幾次。個性一絲不苟的人在這種時候就是很方便。他的路線總是一樣，就連在公園休息坐的長椅也是如此。我還調查了公園內的監視攝影機位置。

也是在這一天，我們決定在哪裡殺死齊木爸爸。這是理都的提議，他計畫以理都的名義蓋一座公寓用來節稅。當時骨架已經完成，我直接記下地址。

在我們討論的過程，靜人醒了過來。他用甜膩的聲音呼喚理都。

理都從椅子上起身，朝我笑了笑。

「沒關係。還有晚上的事情等著，你先休息。」

你絕對無法理解，我是用什麼心情目送他離開。

「用床吧，枕套和床單都換過了。」

理都說完，就若無其事地出去了。

我——在理都的床上，心中殺意高漲。

我沒有食欲，但還是吃了理都爲我準備的輕食。我爲了減少上廁所的次數，所以完全不喝水，但我並不覺得口渴。理都房間內就有廁所，就算上廁所，也不用擔心被靜人發現，但我還是想盡可能地避免風險。

理都前往萬里子住院的醫院後，我在關了燈的房間內，靠在房門上豎起耳朵，等待靜人去洗澡。

半夜一點，我聽到靜人去洗澡了。我下到更衣室確認狀況，估算靜人已經進了浴缸，我打開了門。

一切都如你所說。壓住靜人的頭，然後把他浸入熱水中，簡直輕而易舉。

最難的是壓抑自己感情。

想要狠狠虐殺他的心情。

我想讓他死得更痛苦。讓他活著，然後一點一點地閹割他。

但我必須讓他普通地溺死。我一直這樣做，直到掙扎的靜人不再動彈。

關於立原爸爸的殺人手法，我想應該沒必要多作說明。不論凶器還腳印，一切就如同你之前說的。

我帶著理都重新織過的毛衣，找上齊木爸爸。沿著划船池走，大致就能遇到他。

我對他傾訴甜言蜜語。

——拿到遺產的話，我就爲爸爸買公寓。我也會離開立原家，我們一起住在那裡吧。

你不覺得很奇怪嗎？他對我做了那些事情，竟然還會相信這種話。

我曾經被那個男人用編織棒捅過。

現在回想起來，那件事應該就是我對齊木爸爸殺意的起點。

關於殺死立原爸爸的犯人？那個男人根本不在乎這種事吧。

我想讓他看我打算買的公寓，等我拿到打工費，就可以給他錢。我這樣告訴他，把他引誘到那個地方。我把公車錢給他，告訴他要在哪站上車，哪站下車，並在地上畫了一張地圖，講解如何從公車站到目的地。我另外再用明信片，告訴理都日期和時間。

我指示齊木爸爸上到鷹架頂層。我根本不需要想理由，告訴他我會在那裡等著就好。

不，我不稱之爲信賴。那傢伙只是想從我身上擠錢，小看我而已。他打算一輩子寄生在他小看的我身上。

在鷹架上發生的事情，你的想像應該都猜中了——

志史話鋒一轉。

「我應該都講完了。」

悠紀終於回神似地喝起手中的啤酒。

「我能問問，你們怎麼遞送毛衣和運動鞋嗎？」

「我爲了不讓喬治警戒，在八月十二日帶了要給理都穿的衣服。爲了配合天氣，我準備好幾套。運動鞋和毛衣在好一陣子前就給了。我的房間缺乏隱私，留在房裡太危險了。」

「怎麼做？」

「你知道我每個月會到福利設施一次嗎？從高中到停止彈鋼琴的大學二年級，我都維持著這項習慣。設施叫做小鳩寮，是以教會爲母體的設施，主要收容視力受損的孩子。」

「該不會怜奈……？」

「上學路上有一個盲眼的小女孩，自從幫她撿球之後，就十分親近自己。她被母親和母親的同居人虐待，十分可憐。火災後，她失去母親這個唯一的親人，毫無依靠——講到這個份上，立原爸爸也同意讓我每個月見怜奈一面。不算是志工，只是順便和其他小孩一起玩，彈彈有人想聽的曲子，和大家一起唱歌。我去的時間是每個月第二週週末的其中一天……理都應該是避開這個時間，去得更頻繁。」

志史十指交叉。

「我和理都唯一的接觸點是小鳩寮，也就是怜奈。如果一起認識怜奈的我們，選擇分開時間訪問的話，應該也會給人我們決裂的印象吧。我們可不是爲了利用怜奈才照顧她。曙杉公寓這個名字，確實讓人感受到其中有某種緣分。我把要給理都的東西，放在車站的投幣式置物櫃裡，再用緞帶穿過鑰匙，趁到小鳩寮的時候，掛在怜奈的脖子上。鑰匙上面貼著寫了車站站名的紙條。怜奈會把鑰匙藏在自己的抽屜裡，等到理都來訪，再掛上脖子。在我開始賣模擬考題之前，我都是忍著吃便當不配茶，存起來當置物櫃的錢。」

「洋一說過，理都在聽你的〈月光〉。你也是用同樣的方式嗎？」

「是的。我聽怜奈說理都想聽我的鋼琴，我就買了一臺數位錄音機來錄製演奏。理都將檔案載到電腦裡，把錄音機還給我，我再收回錄音機。」

志史是抱著怎麼樣的心情，爲無法碰面的理都彈奏呢？理都又是抱著怎麼樣的心情聆聽旋律呢？

「沒考慮過直接把錄音機交給怜奈嗎？」

「有掉落或故障的風險。」

「有想過用錄音機錄幾段話嗎？」

「鋼琴演奏還算安全，但要在媒體留下錄音還是有風險。」

「雖然有人認得出你的鋼琴。」

「嗯？」

洋一透過不經意聽到的旋律，將志史和理都聯繫起來，不過那當然是一個特例。

「以你剛才的說法，在你執行計畫的時候，你對姨丈確實懷有殺意？」

「……是的。」

志史垂下睫毛點頭。

「有什麼契機嗎？」

「那是在我高二的時候。洋一老師問我有沒有意願考音樂大學。被這麼一問，我也稍微納入考慮。於是我在升學調查的第三志願，填了美奈子畢業的音樂大學。結果班導打電話聯絡家裡，詢問志願表的認眞程度。父親不由分說地——他總是沒打算聽人解釋——教訓我，叫我別再丟人現眼。丟人現眼是指什麼？不，說起來，所謂的『再』又是什麼意思？結果他說我光是那個男人的小孩就是可恥的存在，我要做的事情就是規矩生活，拚死讀書才能雪恥……就算他這麼說，齊木明是我父親，又不是我的問題。」

志史清澈的眼白，彷彿透出猩紅的血色。

志史的肌膚也像是被從心臟滴流而出的血液染紅。

「被講到這個份上，我也是有自尊心的。既然他所謂的雪恥，就是考過司法考試，那我就做給他看。我向他道歉，說我不是認眞的，我的目標是法學院。父親聞言，用一副理所當然的樣子點頭。接下來他說的話，每一個字我都記得一清二楚：很好，直到洸太郎長大之前，你要好好努力，成長到足以輔佐忠彥。」

——直到洸太郎長大……那麼在那之後——

「想來也是。繼承三田家業的人，自然是洸太郎，又或者是立原爸爸古板的腦袋沒想到的美月……不過，要是三田這麼說也就算了，爲什麼我非得被他這麼說呢？」

悠紀覺得志史的聲音彷彿在顫抖。顫抖的幅度極爲微弱，就像高處枝頭的一片樹葉搖動，傳出的沙沙葉音一樣虛幻飄渺。

「就算准許我彈鋼琴，也不過是讓手指熱身就結束的短短片刻。父親不在家或在睡覺的時候，我都對著書桌練習了三倍以上的時間。我每天提出請求，借了鋼琴的鑰匙，時間一到就馬上還回去——要是超出時間，哪怕是一分鐘而已，第二天的鋼琴就會被禁。那個男人做到這種程度，結果我卻還只是弟弟的銜接替補嗎？」

「那是……」

「就在那一刻，我的殺意羽化了。」

悠紀感到不忍。

自己的這份想法想必都表現出來了，悠紀一邊這麼想著，一邊開口說道。

「——那就是最後一根稻草吧。」

「沒錯。」

「你和曙杉公寓的火災有關嗎?」

「那算我們運氣好。我們與火災無關,但若是沒有那場火災,只怕我們已經出手做點什麼,好讓怜奈能夠遠離他們。」

悠紀對怜奈的遭遇略有耳聞,所以儘管死了兩個人還說運氣好的發言無法令人肯定,但悠紀也沒打算出言指責。

「所以畫室的火災是萬里子縱火嗎?動機是?」

「她之前明明對丈夫的畫毫無興趣,甚至連畫室都不看一眼,實在是有夠隨心所欲的人。理都說她可能看到了,當他洗完澡突然被親吻時,萬里子好像就站在樓梯上。萬里子之後似乎就訂購了生命之水的伏特加。我想她誤會了靜人和理都是彼此相愛,認爲理都已經十八歲,身體也已經成年了,只要想拒絕,應該就能拒絕——」

「她自己明明一直和洋一有關係。」

「她可不是那種會自我反省的人。」

「我其實也無法理解理都的心情。你剛才不也這麼說嗎?他爲什麼不拒絕?他爲什麼乖乖聽話——」

「我希望你不要太小看在純白的心靈和身體種下的恐懼與束縛。這可不是沒經驗的人想像得那麼容易。」

「他沒考慮過離家出走嗎？或者理都自己放火燒掉畫。」

「高中生連公寓都租不了，也不能養活萬里子。要是理都背叛，靜人威脅要把一切告訴萬里子，理都自然只能聽話。」

「但萬里子躺臥病床之後，理都就不用再擔心了吧？就連理都自己也……」

「理都怎麼樣？」

「臉上——留下可怕的傷疤。」

「所以你以爲靜人就會怕得不敢出手？」

「不會影響到傷口嗎？」

「靜人可是見到理都疼痛就會更興奮的男人。不過認爲他和靜人關係好的人愈多，對理都來說就愈方便。他說自己從十歲就開始忍受了，再過三年還忍得住。其實我也是，要不是我想殺了立原爸爸，我早就離開千馱木的家了。」

這樣不是本末顚倒嗎？

微弱的違和感，瞬間變成疑問，盤踞在悠紀腦中。

——爲什麼是在七年後？

悠紀明白他們需要一段不短的準備期，也可能有身體方面的問題。鞋子的尺碼必須和齊木一樣或者接近，同時也需要和成年男人抗衡的力量。

學會編織毛衣也不可能一蹴可及，爲了營造出確鑿的決裂假象，需要等上幾年。

但是眞的非得七年後不可嗎？

就算三年後還爲時過早，那麼五年後就不行嗎？

先殺了恭吾的話，志史就可以自由了，說不定還能重新考進音樂大學。

「眞是奇怪，爲什麼你們這麼堅持七年後？」

「我們並沒有特別堅持。」

這是——謊言。

「是要等司法考試結束之後嗎？考慮到你在學期間就會考過？」

「和這一點也沒關係。」

「那是爲什麼……」

「我要走了。我已經對你說出所有關於案件的事情，這樣已經充分支付代價了。」

「志史——」

志史正要站起來的時候，悠紀一把抓住他的手腕。

志史沒有甩開，只是注視著悠紀，小小吐了口氣。

「——我們有另一個目的。」

「另一個？」

「你認為理都為什麼要燒掉杉尾的稿子？」

「你是說《鳶尾花》嗎？」

悠紀覺得話題似乎跳得太快。

「理都不會僅僅因為他割了筆記本就那樣做。」

「你連杉尾的小說都知道呀。是因為內容有問題嗎？」

「我不是說過，我知道理都的所有事情嗎——杉尾的小說和筆記本的故事，應該有一個共同點。」

「因為怜奈登場的關係嗎？在杉尾小說中是鈴那就是了。」

「剩下的請你自己想。」

志史用溫和的方式甩開悠紀的手，終於站了起來。

「我有一件事要說，如果你拿到物證——」

「有物證嗎？」

「誰知道呢。我已經處理了所知範圍的證據，但人畢竟會疏漏犯錯。」

「志史出手的話，沒問題吧？」

「你對我的評價太高了。這是充滿破綻的計畫。我只是堅持完成我在圖書室裡，和理都描繪出來的藍圖。我們清楚計畫不完善，所以把這份不完善的計畫，委交制裁的天平。這是我和理都討論後決定的，我們做的事究竟能否得到原諒——就交給成敗來決定。」

「如果我拿到物證呢？」

「請先跟我說一聲，我會殺了你。」

「如此顯眼，你會被抓喔。」

「只有我一個人被抓的話就沒關係。如果我被指控殺了你的話，動機是……對了，因爲我看不順眼你被父母溺愛，日子過得溫呑愜意。」

「志史——」

「這是眞的，我一直嫉妒你。我又羨又恨到想掐死你的程度，你沒發現嗎？」

志史走到前門，穿上外套，用鞋拔穿上正裝的黑色皮鞋。

「在水杉上綁七分之一領帶的日子已經決定了嗎？」

悠紀以爲能攻其不意，不過轉過身來的志史，臉上表情沒有半分動搖。

「是啊。我們每年都會輪流用明信片，告訴對方時間。只有那一天，我連有沒有父親的准許也不管——」

「你應該一直這樣做才對，你應該確實做出反抗。」

「父親單方面的條條規矩，一一反抗根本沒完沒了。」

「即使如此也一樣，面對每一條規矩，全都加以反抗。」

「事到如今，這種話能不能麻煩你省起來？」

「是啊，事到如今。我當你的家庭教師時，就應該這麼說的。不只是嘴巴上說，我還應該想想自己能做什麼。」

「你又能做什麼——」

「也許我什麼都做不了。即使如此，我還是應該要去想。就算微乎其微，但我是否能改變什麼？有什麼我能爲志史做的嗎？」

悠紀筆直地注視著志史。

「沒能幫助你——對不起。」

悠紀深深低下頭。

「對不起，志史。」

悠紀心想，自己說不定就是爲了說這一句，才會在沒有任何人請求的情況下，堅持繼續調查。哪怕這只是自我滿足。

志史的睫毛隱約地晃動。

「——我和理都約好不相見，所以我們總是錯開時間綁領帶。然而在四年前，我破過一次禁令。」

「畫室火災的時候？」

「當時理都已經出院兩週了……我第一次拜託怜奈，要她幫我轉告理都今年取消。但我還是去了——我覺得理都一定會來，所以從開園就一直等著。理都果真來了。他的半張臉龐都包著繃帶，並用變長的瀏海蓋住。那一天是下著大雨的寒冷春日。周圍沒有任何人在，我默默擁抱了理都。風很大，泥水飛濺到我的腳上，頭髮也亂糟糟的，即使撐著傘也全身濕透。我想不出任何藉口來面對父親和母親，但那些我都不在乎。」

悠紀眼前也浮現那一幕場景，耳中彷彿響起將兩人與世界分隔開來的滂沱雨聲。

「我們親手交換領帶——然後就分開了。」

「志史。」

「嗯。」

「你接下來打算做什麼？」

「離開立原家。」

「在那之後？」

中間有一段沉默。

「我打算當檢察官。」

「那鋼琴呢？」

「我已經二十二歲了。」

他有些落寞地說。

「年齡根本沒關係。」

「也許吧，只是彈好玩的話。」

「只是彈好玩不行嗎？」

「……呃？」

「對了，我忘了洋一先生的留言。」

「給我的留言嗎？」

「他把我錯當成你，說了這句話：你不能停止彈鋼琴。無論發生什麼，無論是以什麼形式，你都要繼續彈鋼琴。」

志史盯著指甲修剪整齊的雙手。

「他還說，照顧好你的手指……」

志史默默低頭行禮，轉身離開。

第九章

紀念樹

1

九日下午四點左右，於新宿區乾綜合醫院，一名女性住院病患的生命維持系統被拔除，造成該名女性死亡，並由護士發現。去世的藤木萬里子（四十六歲）於四年前陷入昏迷，無法自主呼吸。警方研判有故意拔除設備的可能性，懷疑當天到訪病房的男子知道詳情，正在追查其下落。

九日晚上十點左右，一名約六十歲到七十歲的男子，在小田原市的公園內上吊死亡。遺體是由一名巡邏警察發現。由於死者留有遺書，警方研判自殺可能性高，目前正在確認死者身分。

本月九日藤木萬里子（四十六歲）遭人殺害的案件中，作爲重要關係人，受到警方追查的嫌疑人小暮洋一（七十四歲），被發現於小田原市自殺。嫌疑人是萬里子前夫的父親，住在神奈川縣的養老院，但九日中午左右失蹤。接獲養老院通知的家屬提出搜索請求。遺書中提及自己是爲了讓在毫無希望的情況下延命的萬里子得到解脫，才犯下罪行。此外表示不願造成更多困擾。據有關人士所說，嫌疑人患失智症，症狀正逐漸惡化。

「騙人的吧……？」

悠紀在電腦前喃喃自語。洋一殺了萬里子，然後自殺了嗎？難以相信。悠紀前往見他時，失智症的症狀已經不輕了。這樣的洋一竟然獨自從葉山的養老院來到新宿。

——除非他不是一個人？例如志史開車……不，不對。事情是九日發生，也就是三天前。當時志史就在這個房間。

洋一也許有精神狀態正常的時候吧。當他決定在完全失去神智前，親手揭開人生終幕時，他帶著長久以來的情人萬里子一起上路。不只是爲了萬里子，也是爲了理都，好讓他從永無止盡的看顧中解脫。

這起事件不在志史和理都的計畫之內。他們已經完成了他們需要做的事情。對，還剩下一個問題——爲什麼要在七年後？

從那時起，悠紀就在想這件事。

他關掉報導，打開名爲「筆記」的文書檔案。不管他讀多少遍，不管他重複播放幾次愛梨述說的〈塔羅斯和鈴那〉，悠紀都只能發現兩個共同點：盲目少女的出現，以及主角們來到類似地球的星球——〈塔羅斯和鈴那〉是在主角們朝星球前進的段落拉下帷幕。

由於兩者都不是原版的，所以不能說沒有遺漏。如果缺少重要的情節，那不管悠紀反覆閱讀或聆聽再多次，都沒有意義。

悠紀再次聯繫杉尾，請他自己講述〈塔羅斯和鈴那〉。

結果愛梨確實缺漏了一部分，而那一點正是與〈彼方之泉〉一致的部分。

悠紀確信答案就是這個，只是他依然不知道，爲什麼這件事會觸動理都的逆鱗——

悠紀終於敲定了橫濱的公寓，好一陣子都被搬家的手續追著跑。三月十八日下午，當他總算告一段落，他拜訪了小鳩寮。

小鳩寮沿河而建，一排排的櫻花樹沿著河岸延伸。再過一週，河岸和河面將呈現絢麗的淡粉色。

門口的櫃子上擺著一個青銅十字架，以及插滿白色、黃色和粉紅色香豌豆花的花瓶。一名年紀與悠紀相仿，穿淺藍色圍裙的青年，從走廊的後方走出來。

「有什麼事嗎？」

悠紀沒有預約，以免在電話上被拒絕的話，不知道後續怎麼辦。他知道對方一定會對他抱持懷疑態度，但悠紀從經驗中知道，面對面交涉，更可能博取信任。不過根據透子的說法，這就像是悠紀的超能力，並不是所有人都適用。

「抱歉突然來訪，我叫若林。其實我是應某人的要求，來尋找寺井怜奈。」

「嗯……」

「怜奈的母親寺井玲美，七年前在一場大火中喪生。我是接下來自怜奈父親的委託，準確地說，是很可能是怜奈父親的男性委託。因爲有保密義務，我不能透露更多。」

「你要說保密義務的話，我們這邊也不能直接告訴你。」

青年依然客氣拒絕，但突然歪了歪頭。

「你說你是若林先生嗎？」

「我叫若林悠紀。」

「悠久的悠，世紀的紀……」

「是的，沒錯。」

悠紀遞出在透子事務所當調查員時的名片。青年注視著名片。

「請稍等。」

他回到屋子裡面，過了一會，帶著一封信出現。

「怜奈要我轉交這封信。」

「咦？」

悠紀驚訝地接過信封。淺藍色的信封上，用整齊的大字寫著「致若林悠紀先生」。悠紀翻過信封，只見封口右下確實用大而端正的文字寫著「怜奈」。

「這是……？」

「怜奈已經不在這裡了。」

「她去了哪裡？」

「雖然不能說，不過怜奈約半個月前來過，說如果一位叫做若林悠紀的二十多歲後半高個男性來找她，就把信封交給他。」

悠紀瞬間困惑著怜奈爲何會認識自己，但仔細一想，她和志史與理都有聯絡，就算從他們口中聽到悠紀的事情，也絲毫不足爲奇。

悠紀當場用手指拆開信封。他急躁攤開折成四折的信紙。看著與信封成套的信紙上寫的內容，悠紀輕輕地吸了口氣。

「怜奈是自己一個人嗎？」

「沒錯，那束花也是當時怜奈帶來的。」

青年朝甜豌豆花示意，瞇起眼睛。

在車站月臺等車時，悠紀又讀了一遍怜奈的信。

週六下午兩點，在水杉林等你。怜奈

2

下一個星期六，悠紀比約定提早十分鐘到達植物園。昨晚他睡不著覺，但腦袋清醒得毫無倦意。

怜奈找我有什麼事？自己真的能見到怜奈嗎？她真的會來嗎？

信上只寫了星期六，沒有具體說明日期。她大概不知道悠紀什麼時候會去小鳩寮，所以才這麼寫。

如果她願意見面，怜奈應該每週六都會來。悠紀自己也這麼打算，如果今天沒見到面就下週再來。下週也還沒見到的話，下下週就從橫濱過來。

信上也沒有指定詳細位置，但毫無疑問就是這裡——才對。

當天的風很強。天空湛藍湛藍，陽光明媚。

櫻花的花蕾開始綻放，又時值週六，植物園內人潮洶湧。悠紀背對著水杉林而立，注視著人來人往的正門方向。

悠紀不認得怜奈的長相。他只知道她是十七歲的少女。

怜奈的話——

「若林先生。」

悠紀轉向聲音。

「初次見面——之後的第二次見面了，你好。」

少女站在那裡，一手按著隨風飄揚的長髮，手中沒有白手杖。

「怜奈小姐？是這樣嗎，原來是妳……」

嬌小得彷彿隨時會被風吹走的身型，肌膚白皙得像是會在日光下融化。

她的五官給人尖銳印象，但本人氛圍十分柔和。悠紀會有這樣的感覺，可能是因爲她閃閃發亮的眼眸，也可能因爲勾成微笑形狀的薄唇，帶著宛如櫻花花瓣的粉色。

牛仔夾克的領口上，圍著象牙白的圍巾。圍巾上還有金線的編織圖案，如果是手工編織的，可說是相當精緻。

她就是悠紀在洋一所在的葉山琴風莊遇見的少女。

「要散個步嗎？」

怜奈不等回答，就踏出步伐。

「哥哥們在國中時，經常來這裡戶外教學。」

——怜奈果然已經恢復了。

在杉尾的小說中，鈴那從地牢逃脫，在陽光下恢復視力。愛梨漏掉了這部分；而在

〈彼方之泉〉中，R爲天使的眼睛帶來光明。

「你來琴風莊的時候，不是說你和志史哥很親近？但你看起來比志史哥大上不少，讓我納悶你們什麼關係。你似乎也認識理都哥。所以我就問了志史哥，原來你是他的表哥，也是他以前的家庭教師……」

「妳什麼時候動手術的？」

「七個月前。」

「已經完全看得到了嗎？」

「託手術的福，沒錯。」

在琴風莊遇見她時，悠紀就感覺到了，怜奈說話口氣相當成熟。

「恭喜。」

「謝謝。」

她的頭髮隨風飄揚，偶爾露出纖細的後頸。金色汗毛閃閃發光，讓悠紀瞇起眼睛。

「妳現在在哪裡？」

怜奈回答一間武藏野市的女子學校校名，並說她住在那裡的宿舍。據說是一所很多當地「大小姐」就讀的學校，一半學生都是住宿舍。

「我在十二月參加了轉學考試，從一月開始上學。理都哥是我的監護人。」

「手術後四個月……眞厲害呀。」

「只是形式上的考試而已，辛苦的是考進學校之後，還要補一堆課。我其實應該是高中二年級，但讀的是一年級。即使如此，我的進度還是落後。我在小鳩寮的時候，也讓理都哥教我很多，現在則是週末時請哥哥們教我，這才勉強跟上。我得更努力一點，早日趕上大家。」

「不，我覺得還是很厲害。」

「我一直到五歲都還看得到，所以手術後，我能夠很快適應『看得見的世界』。五歲時，我不清楚太困難的事情，不過我得了角膜方面的病。當時我是和爸爸住——我叫他爸爸，因爲他也自稱爸爸。我雖然和很多叔叔住在一起過——媽媽身邊沒有男人就不行——但是我叫爸爸的人，就只有他而已。他雖然很溫柔，不過當我的眼睛逐漸看不見，最後宣告失明之後，他就常和媽媽吵架。有一次他離開了，再也沒回來。」

悠紀認爲眼前的少女一路走來，也是嘗過自己無法想像的苦。一直受家人血親傷害這一點，也和志史及理都相似。

「妳今天是從學校宿舍來的嗎？」

「今天從理都哥的家來的。星期五放學後，我會回到理都哥的家，星期天晚上再到宿舍。最近常常是志史哥開車送我。」

怜奈講「回到」，代表那裡是怜奈的「家」。

「妳從什麼時候開始在小暮家？」

「去年八月底開始，眼科手術出院後。」

「理都知道你今天會見我嗎？」

「我想他應該知道，這樣的話，他也會告訴志史哥。」

「你們曾經三個人一起碰面嗎？」

「我們現在還是分開見面。我和理都哥，志史哥和我。要送我去宿舍的時候，志史哥會把車子停得比較遠，不會直接開到房子前面。哥哥們從上個月開始會互通電子郵件，也會打電話，但還沒直接碰面過。」

去年八月十二日，志史到小暮家殺死靜人，兩人在那裡重逢。不過那是復仇的序幕，和塵埃落定後的「眞正重逢」不同。

小路不知不覺地拐入梅林。梅花大都被風吹散了。怜奈彷彿伸手承接雨水般，碰了碰一朵還開著的紅梅，湊近臉，閉上眼睛，吸了一口花香。

「妳爲什麼寫信給我？妳想和我說什麼嗎？」

「有話想說的人，不是若林先生嗎？所以你才會特地到小鳩寮吧？」

「我是看到妳的信才來的。」

「我想見面的話，不需要做這麼不確定的事情，只要問志史哥，寄信到你家就好了。我在小鳩寮留了信，是如果你想見面，我們才會碰面。」

「爲什麼我想見面的話，妳就願意碰面？」

「當作草莓的謝禮。」

怜奈一臉自然地回答——彷彿她眞的這麼想。

「若林先生，你想問什麼？」

「……嗯，我還不知道，但妳知道的事情。比如最近——九日萬里子被殺的案子。」

「我裝成孫女前往琴風莊，是爲了博取爺爺的信任。我想讓他在精神上依賴我，讓我操縱他的想法。變成小孩的爺爺將我當成自己媽媽，大人時的爺爺則以爲我是情人，萬里子則是以前的情人。旁人看起來很正常的時候，爺爺也認爲自己還是二十多歲的年輕人。他以爲自己有年輕型失智症，深深苦惱。是我拜託他拔掉萬里子的生命維持裝置。」

怜奈說得太過面不改色，讓悠紀一時之間無法理解語意。

「理都哥把看顧萬里子當成一種贖罪。他想殺了她的心情不是假的，他也沒有後悔。但在心底，理都哥終究無法徹底捨棄母親，也無法完全消去對母親的眷戀，但他並不是喜歡母親。我對媽媽也有這樣的感覺，我也做過同樣的事情，所以我很清楚。」

「……同樣的事情是指？」

「我也一樣，不會後悔喔。」

怜奈踏出步伐，穿梭在梅林之間。

「理都哥已經無法下手殺萬里子了。理都哥不想做的事情，志史哥也不會做。如此一來，就只有我了。一直這樣下去，理都哥就太可憐了，所以我才拜託了爺爺。」

——已經無法下手殺萬里子了。這意味著他曾經試圖殺死她。也就是說，畫室的火災並不是萬里子縱火；而怜奈犯下「同樣的事情」，想必是曙杉公寓的火災。

「哥哥們都不知道。」

兩人不知何時走出了梅林，來到環繞著池塘的日本庭園。

「妳能告訴我，關於妳和志史他們的事嗎？」

水面鮮明地映出周圍的綠意。怜奈用腳尖點地，輕快地踩著踏腳石經過。

「公寓發生火災後，我在醫院住了大約一個月。我好像算是社會性住院。一開始，警察會來問我各種事情。警察們一知道我看不見，就會毫不在意地說悄悄話。不知道爲什麼，有人就是覺得看不到的話就聽不到。後來房東的爺爺來了，社工的人也說一起來思考未來。就算說一起來思考，我也無法決定什麼，只能單方面被告知要去小鳩寮。想到也許再也不能和哥哥們碰面，我只因此感到難過。」

十歲的怜奈孤身一人在黑暗，不知道心中有多麼不安？對於這樣的怜奈，理都和志史又是多麼巨大的存在？

「在我搬到小鳩寮之前，理都哥來過醫院。他帶著能和病房裡的大家一起吃的點心，和當作聖誕禮物的兔子絨毛玩偶。耳朵很長，所以我知道是兔子。即使現在兔子玩偶已經變得破破爛爛的，仍然是我最重要的寶物。理都哥回家時，告訴我他一定會去小鳩寮，志史哥也會去，只是他們不能一起去。然後他在我耳邊說——等著，七年後，我一定會讓妳重見光明。」

悠紀倒吸一口氣。

「七年後……」

怜奈停下腳步回頭。長長的頭髮飄揚，與陽光的光點交纏。

「若林先生，你知道親屬優先移植嗎？」

「器官嗎？」

「符合條件的話，會優先考慮親屬。親屬指親子或夫婦，親子只限親生父母和孩子，以及特殊收養的父母和孩子。」

特殊收養與普通收養的主要區別在於，它完全斷絕了與親生父母的關係。

「我進小鳩寮時就登記了移植意願。靜人先生有器官捐贈同意卡，卡片上面寫著『親屬優先』。不填寫就不會優先。」

「妳什麼時候——靜人他……」

悠紀不是法學院的，但在大學裡聽過民法講座。特殊收養有一些條件，比如年齡限制和必須好幾個月都住在一起的證明。怜奈當時年齡是十歲，而法律規定目標年齡需在六歲以下，怜奈已經超齡。而且怜奈住在小鳩寮，很難想像她和靜人符合特殊收養資格。

只是怜奈現在刻意說出這些——意思是——

怜奈說她是在去年八月動手術。靜人溺死也是在八月。

八年前，理都和十歲的怜奈作下約定。

七年後要讓她「重見光明」。

「妳的眼睛……」

「我的角膜捐贈者是靜人先生。」

「——妳什麼時候被收養的？」

「我不是養女，我是他妻子。」

「誰的？」

「靜人先生的。」

「……妻子是誰？」

「我呀。我雖然對琴風莊說我是孫女，但我實際上算是爺爺的兒媳。」

「妳——和小暮靜人結婚了嗎？」

沒錯，怜奈從剛才就在這麼說。悠紀理解字面上的意思，大腦卻遲遲難以消化背後的涵義。

「大前年的秋天，我一滿十六歲就提出了結婚申請書。」

「意思是說靜人也知道嗎？」

「我認爲應該是僞造的。我從來沒有見過靜人先生。即使結婚了，我在十八歲之前，都是繼續住在小鳩寮。」

「妳說僞造，是說志史和理都僞造嗎？」

「是的，和萬里子的離婚也是。」

悠紀確實注意到，在拔除生命維持系統的報導中，萬里子的名字用婚前舊姓的藤木萬里子，而不是小暮。洋一不是萬里子的公公，而是「前夫的父親」。

悠紀單純以爲靜人已經和萬里子離婚，而早就從小暮家辭職的花村眞澄並未得知。夫妻關係早已不睦，萬里子恢復意識的可能性也不大，申請離婚的話想必能夠通過。即使他們的婚姻關係解除，理都依然是靜人的「孩子」。

「聽說提交離婚申請書，是在畫室失火前不久。」

「火災前？靜人和萬里子兩人同意下的結果？」

「就說是僞造啦。靜人和萬里子都不知情。」

悠紀鉅細靡遺地讀過所有關於畫室火災的報導，但在每一篇報導中，萬里子都是靜人的「妻子」。

新聞媒體可能沒查證到戶籍。畢竟只是書面離婚，就連當事人都不知道自己離婚了。

「靜人先生過世的時候，警察來過小鳩寮，應該是來確認不在場證明吧。」

確認怜奈人在小鳩寮後，無法視物的怜奈想必不會再有嫌疑。調查人員應該也到訪過琴風莊，確認洋一患有失智症，並且整晚都在琴風莊。

只要監視攝影機沒拍到可疑畫面，理都也有明確的不在場證明，加上屍檢沒有異常之處，推斷爲個人疏忽造成的溺水，應該沒有任何問題。夫妻的年齡差距輪不到警察過問。

「嫁給理都的繼父，妳不會覺得怪怪的嗎？和一個連面都沒見過的男人結婚，儘管只是形式上，妳不會有抗拒感嗎？」

悠紀留意避免出現指責的口氣，小心詢問。

「爲什麼？」

怜奈像隻小鳥一樣歪頭。

「這可是哥哥們爲我做的事。」

「——小鳩寮的人怎麼說？」

「他們給予祝福，我想在他們心中，靜人先生是個奇特的慈善家。畢竟是理都哥的爸爸，所以深受大家信賴。我想一方面也是因爲理都哥每年會以靜人先生的名義，捐贈大筆金額的關係。不過我打算再過一會，就辦理死後離婚。理都哥也提出和靜人先生解除繼父繼子關係的申請。不然現在的話，我就會變成理都哥的媽媽喔？」

怜奈無憂無慮地說。

「在曙杉公寓的時候，妳對他們兩人說過，妳看不到的原因嗎？」

「我說過我是因爲角膜的病才看不見。」

兩人果然從當時就知道，怜奈可能透過角膜移植重見光明。

如此一來，所有的拼圖就湊齊，拼在正確的位置上。

——爲什麼非得是七年後？

悠紀在追問這個問題時，從未想像過「七年後」的背後，隱藏著這樣的意思。

志史並沒有向悠紀透露全部眞相。

小暮家的畫室火災也在計畫之中。萬里子本就是預定謀害的目標。

理都的燒傷是不幸的意外。

然而，最大的誤算是萬里子存活下來。

萬里子大概知情靜人和理都的關係。她明白在關起門的畫室中發生了什麼，丈夫對自己的孩子又做了什麼。

從更深刻的角度來看，她可能知道靜人的邪惡欲望卻還結婚，並把理都當作「祭品」。

如果萬里子爲了過上富裕生活，決定犧牲孩子，自己則忝不知恥地向公公伸出觸手，耽溺於肉欲——

知道這一點的時候，理都的絕望轉變成殺意也毫不奇怪。

當時怜奈才十歲，算算要再過六年才能結婚。不過結婚沒多久，丈夫就過世的話，角膜捐贈勢必會啓人疑竇，所以才又延長一年，設定成七年之後。

理都獻上肉體的同時，相對也將靜人的心收於掌中，然後宛如索求愛情的證明，讓靜人寫下捐贈卡。

不僅是角膜，龐大的遺產有一半屬於怜奈。

理都會燒掉杉尾的小說，也是理所當然的。

讓怜奈的眼睛恢復光明，就是隱藏在四起殺人事件中的另一個目的——理都自己決定的最高命令。

杉尾的小說觸及了核心。就算是沒有人注意的小插曲，理都也不能放過。

悠紀覺得這是一個危險的賭注。如果遺體被送去解剖，角膜捐贈就會有困難。器官也可能不合適。

兩人賭在這微小的光芒上，並且贏了。

兩人繞了植物園一圈，在怜奈的提案下，悠閒地逛了溫室。回到水杉林的時候，後方樹木的底層樹枝上，搖曳著苔綠色的蝴蝶結。悠紀走近確認，上面是兩條裁剪過的領帶布條，緊緊綁在一起。

原來就是今天——兩人重逢的儀式。

最後一條領帶是兩人一起打結，留在樹枝上而不取下嗎？

讓水杉樹成爲見證所有復仇與所有祈禱成眞的紀念樹。

「妳是故意慢慢逛植物園吧，爲了讓我遠離這裡。」

「你知道綁領帶的日子，是訂在什麼時候嗎？東京的染井吉野櫻開花的隔日。如果遇到休園日，就是下一天。」

「櫻花盛開的時候⋯⋯」

突然，馬路方向傳來警車的警笛聲。

不只有兩三輛。警笛層層疊疊地響起，救護車也加入合唱，讓聲勢變得更加浩大。

悠紀胸中一陣騷動，望向怜奈。只見怜奈也臉色蒼白，帶著僵硬的表情回看悠紀。

第十章

天秤

1

——沒錯，是我刺的。菜刀是店裡的，用來切三明治麵包和蔬菜的菜刀。我可不能給客人看參差不齊的切面，所以每天都會認眞磨菜刀。

哦，不要誤會我的意思。我不是要解釋我平常就在磨刀，磨刀不是爲了殺人。我只是想說我很清楚那是一把鋭利的菜刀，我確實抱有殺意。

不，我不認識那個男人。我沒打算殺他。我想殺的是立原。對，立原志史。

立原毀掉我最重要的東西。他殺了我最心愛的人。

最重要——不，唯一的。

我有個小我五歲的妹妹。

這算長子要面對的問題吧，我覺得母親被人搶走了。

我和朋友出去玩的時候老是想跟，只要說不行就會哇哇大哭，這麼一來，母親就會訓我，要我帶著妹妹一起去。這一兩次也就算了，老是發生這種情況的結果，就是連我朋友都嫌煩。最後我只好放棄，落得待在家裡和妹妹一起玩的下場。我雖然也想過，要是沒妹妹就好了，但她是我唯一的手足，唯一的妹妹。我又怎麼可能不疼她呢。

我在高中時因意外失去父母，我們一度由不同親戚家照顧。不過高中畢業之後，我在公家機關找了個工作，成功獨立後，把妹妹接了回來。幸運的是父母留有一點遺產，還有保險和事故賠償。

我們是相依爲命的家人。對我來說，妹妹就像女兒一樣，然後別誤會，她也像新婚妻子一樣。她說是我的生活意義也不爲過，眞的是無可取代的存在。

妹妹大專畢業後，在一家食品廠找到了工作，並在兩年後嫁給同事。對方是一個認眞的人，讓我鬆了一口氣。妹妹離開當然很寂寞，但她幸福就好。

她二十二歲就結婚了，算是挺早婚，但遲遲沒有小孩。到第五年，妹妹辭掉工作，開始認眞接受不孕治療。雖然流產過，但是她終於懷了孩子——就是夕華。

夕華的誕生讓我的想法產生了變化。我感到自己和妹妹已經是完全不同的家庭了——當然在妹妹結婚時的時間點，就已經如此了。我也很清楚這一點，但生孩子有著決定性的不同。

妹妹的家人是丈夫和女兒，而不是我。在喪失感之中，我也感受到卸下肩上重擔，決定接下來要按照自己的想法過活。

我的父母以前在車站前的商店街開了一家咖啡店。那是我祖父母開的店，戰前就已經存在了。父母去世之後，我把店賣了換取現金，現在它已經都更成公寓的一部分。但是我喜歡父母的店，我的心中一直有著想要拿回咖啡店的想法。

沒錯，咖啡店早就沒了，我也沒辦法向現實拿回已經不復存在的東西。所以我打算透過重現和經營我父母的店，在象徵意義上重新取回咖啡店。

我一邊工作，一邊去上教導經營咖啡店的學校。另外，只要一有空閒時間，我就會到各家大型連鎖店以外的咖啡店，進行鑽研。哎這段經過不重要，總之我最後辭掉了工作，成功開了這家店。

不到兩年後，最爲開店感到高興的妹妹就過世了。她得了癌症，沒兩三下人就走了。妹夫帶著還在上幼稚園的夕華，一起回到了他在橫濱的老家。

妹夫的父母健在，妹夫在外工作時，就由他們照顧夕華。

這樣的安排對夕華最好。妹夫家都是好人，我也不擔心。只是我沒辦法像以前那樣輕鬆見到夕華……但七五三、入學和畢業等重大日子，我還是會送禮，保持小小的聯繫。

夕華是一個喜歡看書的聰明女孩，她在祖父母和父親的愛情下，茁壯長大。只是她的個性似乎太過安靜，太過沉迷於在書本世界發揮想像力，導致她很難適應現實，在國中的時候，有一段時間曾經遭人欺負。

即便如此，她還是努力學習，進入想考的高中——那間學校沒有同校來的學生，是全新的環境。但她本來就個性內向，加上被欺負的經歷，她還是因爲害怕而交不到朋友——

高中好像沒有被欺負過，但總之她本人上不了學，還是輟學了。實際上，雖然後來不了了之，但當時父親有考慮再婚，所以夕華狀況很不穩定。

因爲她個性認眞努力，她通過大學入學資格檢定考試——現在好像是叫高中學歷認定考試？她父親希望她上大學，但她說不想去太多同年齡人聚集的地方，所以不想上大學。

這就是爲什麼她會在我的店裡打工當服務生，進行精神復健。

立原是這家店的客人。夕華不可能自己主動跟男生搭訕。從我的角度來看，她是一個非常可愛的女孩，但她本人似乎對外觀有什麼心結。

因此我很驚訝夕華和立原變得親近，但我也很高興。立原年紀輕輕，但不會被外貌迷惑，而是懂得看人的內在。他是喜歡上夕華的心靈。

如你所知，我們的店在映陵大學附近。立原也是映陵大學的學生，似乎很優秀，自然會被視爲潛力股，被那些算計的女學生們虎視眈眈。

結果她們的目標卻被既不是映陵大學的學生，也不是特別漂亮的夕華得手，讓她們無論如何也無法接受。

甚至有女學生每天都來店裡騷擾，一群人跑來點牛蒡沙拉和涼拌牛蒡……菜單上壓根沒有。她們說立原喜歡像牛蒡一樣黝黑乾瘦的女生，因爲夕華長得像牛蒡，立原才會試試味道。

夕華並不在意。我原本擔心她們可能會導致夕華的社交恐懼症復發，不過大概是與立原交往給了她自信，夕華面對她們的粗暴言論，也可以面不改色了。

夕華真的變得又堅強又開朗，我很感謝立原。

然而，立原終究只是一個輕薄的男人。大概三個月過後，夕華就被拋棄了。

不可能是夕華提出分手。立原想必打從一開始就不是認真的。他看到像夕華這樣身邊少見的純樸女性，覺得稀奇就交往看看，等到發生肉體關係，就隨手拋棄。

夕華愈是裝得若無其事，我就愈是無法原諒玩弄夕華的立原。他要是再來店裡，我原本想臭罵他一頓。不過他大概也覺得尷尬，之後就不再到店裡來了。

但今年早些時候，夕華再次遇到立原。爲什麼我會知道，是因爲夕華實在太浮躁，我就跟蹤了她。

她穿了新大衣，妝也畫得比平常濃。明明她並不適合這樣。

夕華繞去一家營業得很晚的二手書店，進了便利商店的廁所，然後又去鐵軌另一側的家庭餐廳。當我還在猶豫要不要進去的時候，發現來的人可不是立原嗎。

我匆忙躲起來，立原沒注意到我，逕直走進餐廳。透過窗戶，能看到夕華笑著向立原示意。我看不到坐在夕華對面的立原表情。

即使吃完飯，他們還是靠飲料吧繼續待著談話。夕華看起來嚴肅地皺著眉頭，有時又露出笑容，不知道他們到底在說什麼。

約過了十一點半，兩個人終於出來了。隔著一點距離走在一起的身影，可能還會被當成一對羞澀的情侶。

兩人到了附近的停車場，因爲那間家庭餐廳沒有停車場。立原打開副駕駛座的門，夕華高興地坐進去。

車子開往神奈川，我希望立原只是把她送回橫濱。

第二天，夕華遲了兩分鐘進店裡。當我稍微叮嚀她時，她道歉說「我昨晚睡不著，對不起。」我勉強克制住自己，沒問她昨晚有沒有回家。

即使她試圖隱藏，但我也看得出夕華心情很好。立原絕對只是一時興起或打發時間。不過因爲夕華看起來很開心，我決定再賭一次立原的誠意。

然而幾週後，我碰巧看到了立原。那一天是店休日，所以是星期天的傍晚。

他正和一個女孩子從國道旁的便利商店出來，準備上一輛停在停車場的車——意外地是輛很普通的車。女孩子看起來是高中生。

別說牛蒡了！對方根本是個肌膚白得晶瑩剔透的可愛女孩。立原還爲她打開副駕駛座的車門，充分表現出紳士風範。

我馬上招了一輛計程車，要司機跟著立原的車。車子開上首都高速公路，不知道他們要開多遠，讓我有點著急。不過他們在高戶交流道下去，停在類似學校的建築物前。女孩子揮揮手，進了校門。

我也下了計程車。我搭電車回去就好了。

那裡是女子高中——對我們這一代人來說，是人人嚮往的大小姐學校——宿舍。

下一個星期天，我躲在宿舍附近監視，立原的車在傍晚時分來了。副駕駛座的車門打開，上週的女孩下車。我用準備好的數位相機，偷偷拍了幾張她的照片。

過幾天，我把照片印出來，詢問宿舍的學生——我很客氣地這麼問：「有人打算和這個女生論及婚嫁，想在本人不知情的情況下做背景調查」——有些學生覺得好玩，會回答我。有人說那個女孩有一個帥氣的年長男友；也有人說不是男友，而是未婚夫；有人說她週末會在舍監批准下外宿，或說她其實已經結婚了。總之我蒐集到這樣的消息。

無論是已婚還是訂婚，立原似乎在和那個女子交往，這應該沒錯。

下一個星期天，我成功地從正面拍到他們在車上的照片。這個年頭的相機性能很好，就算是外行人，也能遠遠拍出清楚的照片。將照片傳到電腦再放大，看起來就像在近距離拍攝。

第二天，我對來店裡上班的夕華說，要她再也不要和立原見面了。就算人家邀約，也不可以跟著去。

夕華滿臉通紅地和我爭辯。以夕華來說很少見。她說她沒道理要聽舅舅的話，他們之間是朋友，今後也會普通地與他見面——到底什麼是普通呢？

愈早結束這件事，夕華的傷口就會愈淺。我把照片給夕華看，告訴她立原正在和這個女孩交往，還訂婚了。對方是名門女子高中的學生，一等畢業就會結婚。

夕華呆呆盯著照片看了一會。

「我去一下廁所。」

她砰地一聲關門，許久沒出來。最後出來的夕華臉色鐵青，我馬上就知道夕華懷孕了。

「夕華，妳是不是有事瞞著舅舅，妳懷孕了吧？是立原那傢伙的孩子嗎？」

「不是……舅舅，你在說什麼？」

「舅舅會陪著妳的，我們現在就去醫院吧。這種事情早點做比較好。店今天就休息，走吧。」

我抓住她的手臂，夕華卻害怕似地甩開來。她什麼都不用怕，不是夕華不好，不好的都是那傢伙。

「舅舅會跟立原好好談，讓他爲了玩弄妳這件事賠罪。那種人不適合夕華。什麼映陵大學的學生啊，還替人開車門，裝一副紳士模樣。根本就是內心骯髒的下流胚子。」

「舅舅什麼都不知道，不要說志史的壞話。」

「妳還爲那種傢伙說話，夕華眞是心地善良。舅舅一定會爲妳找個比他好上一百倍的男生。夕華就由舅舅來保護。對了，到妳身體好起來前，可以一直待在舅舅家。」

夕華解下店裡的圍裙，放在櫃檯。

「我……不做了。這邊還是離家太遠了，又有和志史的回憶，很難受。我會在家附近找兼職。」

夕華抓起大衣和皮包，逃跑似地衝出店。

「夕華！」

我立刻追了上夕華。

「等等，夕華！」

夕華揮動手肘，像賽跑一樣加速。

「太危險了，停下來，夕華！」

震耳欲聾的緊急剎車聲響起。

卡車就在我的面前將夕華……

夕華……

……啊……請別再要我講下去了。實在太痛苦了。

啥？遷怒？夕華其實沒有懷孕？

哦，是嗎？即便如此，立原的罪狀也不會變。他玩弄夕華的身心，夕華才會死。

你說是我的錯？

你沒聽到我剛才說的嗎？那是夕華的自殺，等於是立原下的手。

即使如此……我雖然恨他恨到想殺死他，但還不到打算殺了他的程度。直到立原出現在夕華的葬禮上。他沒流一滴眼淚，臉上也沒半點悔恨，只是用冰冷的側臉，對著夕華的遺照雙手合十。

他很適合穿喪服。該怎麼說呢，他有一種就連我這個中年男人都會動心的吸引力。當時的立原志史……

當我看到的時候，我認為我非殺了他不可。

到底是為什麼，又有誰知道呢。

我決定殺了立原之後，這次反過來，我從宿舍跟蹤立原的車，查明他的住處。他住在坡道上的閑靜住宅區，房子看起來是歷史悠久的老式房子。

就算是替可愛的夕華報仇，殺了一個人，我的人生也會拉下布幕。善始善終——我打算好好打理身後事。店面結束營業的手續繁雜，儘管財產不多，我還是把錢捐出去，用來培育交通事故遺孤，以及父母因為交通事故而重度殘障的小孩。做這些事情，讓我花了不少時間。

到了今天，我終於去殺立原了。

我監視著他的房子，結果他今天騎著腳踏車出門。我招計程車，硬是要司機慢慢開。

到了目的地一看，原來是植物園。夕華死了，這傢伙卻悠哉賞花，眞是無憂無慮。

我埋伏在離大門稍遠的地方。他大概是在裡面和人約好碰面，進去的時候是一個人，出來的時候卻是兩個人。

明明只差一點而已，沒想到在這個關頭，還會被人妨礙。

我會被關幾年？

我不會放棄的。一旦被釋放，我會找出立原在哪裡。我這次絕對會殺了他。不管過多少年，我一定會爲夕華報仇——

2

馬路上一片嘈雜。好幾輛警車和便衣警車閃紅燈停了下來。四名警官壓住一名男子，一把沾滿鮮血的菜刀掉在男人身邊。柏油路面上有灘怵目驚心的血泊。

一個擔架正要被抬上救護車。志史緊跟在旁，一邊說話，握著擔架上的人的手。

「理都哥！」

怜奈不顧警官的制止，推開圍觀人群，衝向前去。志史——悠紀第一次見到志史露出這樣的表情——他一臉沉痛地看著怜奈。

「這孩子是受害者的親屬。」

志史說道，怜奈也上了救護車。

「志史！」

短短一瞬，志史望向晚了幾秒衝出來的悠紀。

似乎是犯人的男子被兩名警官左右夾在中間，押進警車。救護車和警車同時動起來。

警官中有一張面熟的臉孔，悠紀記得他是叫做竹內的刑警，他也有出席恭吾的葬禮。

「竹內先生。」

悠紀一喊，竹內就微微轉過他粗厚的脖子。

「我是去年十一月在千馱木公園遇害的立原恭吾外甥，若林悠紀。」

「哦，我記得你。」

「我碰巧在這附近。」

「我也是剛好人在附近，在警車上聽到有個男的拿著菜刀，嘴裡不停喊著立原志史的名字，覺得在意就過來看看。」

「發生了什麼事？」

這裡和恭吾的命案應該屬於不同轄區，竹內特地過來一趟，究竟是因爲他對自己的工作充滿熱情，抑或是他個人有什麼在意之處？悠紀一邊思考，同時出聲詢問竹內。

「目前還不清楚。根據目擊者的說法，那個男人的目標是志史先生，千鈞一髮之際，志史先生的同伴擋在他的面前。」

「傷勢如何？」

「似乎被刺中肚子——傷勢應該不輕。」

竹內一臉苦澀地看向暗紅色的血泊。

悠紀摸向左側腹的傷疤。那裡一瞬間竄過的灼熱痛楚，悠紀實在難以覺得是錯覺。

「爲什麼，誰會對志史——」

「你有什麼想法嗎？」

「完全沒有。」

恭吾被殺，齊木被當作犯人且墜落身亡的時日尚淺，結果恭吾孫子兼養子和齊木親生兒子的志史就遭到襲擊。儘管兩起案件都已結案，但這個記得志史名字的中年刑警，心中到底作何想法呢？

悠紀問出救護車開往哪家醫院，走到大馬路上，招了計程車。

到了醫院，只見志史剛從刑警的問話解脫。

「謝謝你過來。」

沒想到志史會這麼說，悠紀感到意外。

「還好嗎？」

「目前緊急手術中。」

「志史沒事吧？」

「我連個擦傷都沒有。」

志史頂著一如往常的撲克臉，但是悠紀已經知道，那張撲克臉底下，其實有著玻璃般脆弱的一面。

……想來只要用這根手指輕輕一碰，就會碎裂一地。

「理都保護著我。站在我面前，像把腹部當成刀鞘。」

「拿刀的人是誰？認識的人嗎？」

「青麥的老闆。」

「青麥不就是——」

「他是夕華的舅舅。他將夕華當親生女兒一樣疼愛。」

即使悠紀試圖回想在微弱燈光照映下，站在那家復古咖啡店櫃臺後的男人，也無法構成清晰的形象。

「我以爲是你。我時常有遭到監視、被人跟蹤的感覺，但我都以爲是你——你或你那位經營偵探事務所的學姊。我不知道你還想再知道什麼，不過既然你不是去煩理都，而是在我周圍打轉，那愛怎麼跟就怎麼跟……就是這份傲慢……要是我好好面對，我就會知道對方是青麥的老闆。如此一來，我就會注意到他的瘋狂，也能預見到危險。就不至於讓理都……」

志史咬緊的嘴唇滲出鮮血。

「青麥老闆爲什麼想殺你？」

「夕華是因爲我而死的。」

「夕華小姐？她過世了？」

「她被卡車撞到。她的告別式就是我前往你公寓的那天。」

悠紀過於驚訝，一時說不出話。

「——她還那麼年輕——眞是——太遺憾了。她看起來是個好人。」

「是的，她是個好人。」

「但是，那不是意外嗎？」

「她好像是因爲我，才和老闆吵架衝出來。」

「那也不是志史的錯吧？」

「是我的錯，我玩弄了夕華才導致這個結果。」

「你玩弄了她嗎？」

「和夕華交談很有趣。夕華思慮敏捷，閱讀品味和我相似。我本來打算當朋友，但我注意到夕華對我抱有不同意思的好感——我當時就應該保持距離，但我沒有這麼做，而是選擇抱了夕華，利用夕華的好意，將她當作我的發洩管道。我們三個月就分手了，如果這樣叫做玩弄的話，應該就是吧。」

「她說能和你交往，她很幸福。玩弄這個說法，恐怕對夕華小姐有些失禮吧。夕華小姐和你是對等的，她想這麼做，所以你也這麼做了。難道不是嗎？」

「即使我明明不愛她？即使我明知道我不會愛上她？不只夕華，我至今爲止交往過的女性——也有男性——我一個人也不愛。不論是男是女都無所謂，每個人都只是替身而已。就是因爲這樣，我才會被對方拋棄，或是開始自我厭惡，自己主動分手……我和夕華明明已經結束了，結果你去找夕華，讓夕華因此聯絡我的時候，我馬上想到利用她製造不在場證明的方法，並在殺害齊木爸爸的那天晚上和她見了面。」

「……是我的錯。」

「怎麼會。」

「我製造了契機，要是我沒去找夕華小姐問話……」

「你只是回應母親的委託。我則是爲了自己的目的利用了夕華。」

「晚上碰面的時候，你和夕華小姐……？」

「我爲了不在場證明的關係，和她交談到深夜，然後將她送回橫濱的家。我一根手指也沒碰她。」

「如果如此的話，志史對她是眞誠的。」

「說什麼眞誠，我只是對她沒產生欲望而已。」

「不管我怎麼說，你都會覺得自己有責任吧？不過鼓勵夕華小姐和你聯絡的是我，至少我需要負一半的責任。所以你不用這樣，把所有責任都攬在自己身上。」

志史的嘴唇浮現了微笑，那抹微笑虛幻得像是在水面蕩漾的繁花倒影。

「聽你說得這麼努力，就能知道你眞是個溫柔的人，悠紀。」

來到手術室前，怜奈從椅子上站起身，緊緊抱住志史。志史安撫著抽噎的怜奈，讓她坐在自己身邊，輕輕抱住她的肩膀。

悠紀在稍遠的地方坐下來。

門上寫著「手術中」的手術燈亮著紅色。

走廊裡沒有其他人影。刑警們想來都等在一旁，但在可見範圍內卻不見一人。四周一片安靜。

理都被推進門後，不知已經過了多少個小時。即使看表也沒有概念，視線和心思都無法放在現實中，缺乏眞實感。

怜奈靠在志史的肩膀上，終於沉入夢鄉。

志史靜靜地開口。

「你可能已經注意到了，畫室的火災也是計畫的一部分。我把立原爸爸不在的晚上訂爲執行日，是我放的火。目的是燒掉畫作和殺死萬里子。」

「她是在明知靜人眞正目的的情況下結婚。她才是把理都獻給靜人的人。不是嗎？」

「沒錯，理都從她的態度就隱約察覺到了，但是靜人口中明確說出來的時候，他還是不想相信。煩惱到最後，理都決定問萬里子。據說萬里子是這麼對他說：才五歲就會勾引男人，你打從出生就有當娼妓的素質，就不要裝清純，好好享受吧——她講了這種話，你會說她罪不致死嗎？」

悠紀無語地無力搖頭。

「她不知道潑硫酸的犯人是靜人，理都把這一點當作王牌。他假裝從靜人的口中——

在床上——聽到眞相，並告訴萬里子。理都慫恿萬里子進行報復，告訴她自己願意助她一臂之力。他會把靜人叫到畫室，用燒掉靜人僅次於性命重要的畫作作爲威脅，逼他自白罪狀，最後再眞的燒掉他的畫，還說他知道有一種酒非常易燃。但是實際看到萬里子被火舌呑沒，理都又忍不住去救她。理都還爲此向我道歉。他明明沒有必要道歉，該道歉的人是我。是我把理都獨自留在危險的地方，就這樣離去，我沒能保護理都，讓他受苦了。我應該與燒掉畫作分開思考，想出別的辦法才對。畢竟我比任何人都清楚理都的溫柔。」

「離婚是怎麼辦到的？」

「我讓齊木爸爸出面提出離婚申請書，結婚申請書也一樣。」

「這樣啊，原來是齊木……！」

「只要在他眼前掛根胡蘿蔔，要操縱齊木爸爸，簡直易如反掌。」

齊木年齡與靜人相仿，如果讓他去投幣式淋浴清洗，再打理好服裝，他看起來也挺上相。加上他還能靠以前的拿手絕活演戲。

殺死齊木也是爲了封口……不，反過來，是因爲已經決定要殺了他，才會利用他。

「就算被靜人得知離婚的事情也無所謂。如果萬里子死於火災，橫豎靜人到時也會知道。靜人應該只會覺得是萬里子擅自提交了離婚申請書吧。」

「結果靜人都沒注意到嗎？」

「小暮家的財務都是由理都操持。把所有事都交給理都的靜人，似乎完全沒發覺自己和誰結了婚。」

「你之前也說過，不過真是不可思議。不論是靜人，還是齊木，爲什麼他們會如此信賴自己虐待的對象呢……」

「我那個時候也說過，那並不是信賴。簡單來說，他們沒把自己施虐的對象看成人。他們從沒想過對方也有人格，有尊嚴，有驕傲，還有一顆心。對他們而言，施虐對象只是方便他們滿足欲望的活人偶……明明就算是眞正的人偶，也會有人因爲不小心傷到人偶而心生愧疚。」

怜奈發出沉睡的鼻息，志史用手指梳理她柔軟的長髮。

「你應該已經從怜奈那裡，聽過角膜移植的事情了？這孩子太敏銳，很難隱瞞她。所以我和理都決定，乾脆對她說出一切。」

「她讓我吃了一驚。我還以爲你們已經沒有什麼事情能再讓我吃驚了。」

「如果靜人的角膜沒辦法移植，我就會和怜奈結婚，寫下器官捐贈卡，過一段時間就僞裝成事故去死。你知道嗎？如果捐贈者自殺，就不會優先排給家屬，以防止這類目的的自殺。」

「你那麼做的話，理都和怜奈都會傷心吧？」

「就算我死了，理都也還有怜奈，怜奈也還有理都。雖然還有點久，不過等怜奈高中畢業，她就會結婚。理都的姓氏恢復成藤木的話，婚姻應該就能獲得認可。就算不認可也沒關係，什麼都不會改變——兩人應該會這麼想吧。」

「我還以爲肯定是和你……」

「你是說怜奈？還是理都？」

「理都。」

「我們之間是友情。」

「我不認爲只有友情。」

「我是那個奢求更多的人，所以我很清楚，我的想望只是奢求。」

「你的初戀是在十二歲的時候……你是這麼說的吧，志史。」

「對我來說，還沒有結束。大概這輩子都不會結束。」

少年們的季節荏苒遷變，愛情的形狀流轉變化。有所改變的是理都，抑或是志史呢。

悠紀不認爲理都的感情是「友情以下」。志史想來永遠不會向理都要求更多。即便如此，只要志史願意的話，理都一定會笑著回應——悠紀有這樣的預感。

愛怜奈並不會奪走理都對志史的愛，理都心中的兩口泉水，哪一口泉水更深或更美麗——絕對不需要相互比較。

「理都——因爲燒傷——一直很猶豫，認爲怜奈選自己眞的好嗎。但怜奈一直是個只看內心的孩子，所以現在映在她眼裡的，一直是同一個理都，今後都是如此。我……眞是笨蛋，我都跟理都說過，要他早點好好求婚——」

「這樣眞的好嗎？」

「當然好。從我們一起爲無法孵化的斑鳩立墓的那天起，我唯一的願望就是理都的幸福。」

「但志史——志史自己也必須要幸福吧？這個計畫的宗旨不就在此嗎？」

「我也是這麼想的，所以我請吉村老師替我介紹一位曾經擔任大學鋼琴系教授的老師。我會在他面前彈鋼琴，請他替我上課。」

「是這樣嗎？志史果然很厲害。你可能不喜歡這種說法，不過——加油努力吧。」

「我並沒有不喜歡。謝謝你這麼說。」

志史非常平穩。眼前想必就是毫無僞裝的志史，只有理都和怜奈知道，屬於志史的本來面貌。

「我有想要彈奏的旋律，我有想寫的曲子。我也想學習如何當調音師。我本來眞的很想過著和鋼琴息息相關的生活。」

「你爲什麼要說成過去式？」

「因為在沒有理都的世界，彈琴根本沒有意義。我不管在彈任何曲子的時候，我彈奏的旋律都是理都。」

「……他會沒事吧？」

悠紀不認識理都。他只從畢業紀念冊的照片和一幅畫——夜晚窗戶中映出的虛幻少年身影——見過理都的容貌和身姿。但他耳聞了理都的不少故事，也花了很長時間思考、想像理都，所以他對理都的感覺就像弟弟一樣親切，彷彿從很久以前就認識他。

志史沒有回答，只是在攬著怜奈的手上稍微用力。

「理都會說些像是夢一樣的事情。他說以後我們要像〈彼方之泉〉一樣，三人永遠在一起。還說要把小暮家改建成兩戶人家的聯排別墅，怜奈和理都住一棟，我住另一棟。或是乾脆連土地都賣掉，我們搬到沒有人知道的高級公寓頂層當鄰居，這類像夢一樣……像夢一樣……像夢一樣開心的話。」

悠紀彷彿第一次聽到志史有血有肉的聲音。

「只要理都這麼說，我就會有一種真的做得到的預感……我從事鋼琴相關的工作，寫寫曲子，教教別人彈鋼琴，過著每天都在彈鋼琴的生活。有時理都和怜奈——有時只有理都——會來聽鋼琴。我們三人圍著餐桌，或是我和理都兩人對酌到天亮。就連這樣的日子、這樣的童話，我都覺得會成真。」

彷彿晶柔的晨露從嫩葉尖端滴落、融化凍結的水面一般，層層疊疊的無盡漣漪不斷擴散。志史的眼瞳依舊透明澄澈，但卻逐漸濕潤。

「這不是夢。」

「呃……？」

「你們不是『揮別天眞夢想』嗎？理都所說的，一定是很快就會實現的願望。」

一瞬之間，一滴淚水從志史的眼中瑩瑩滑落。

——究竟能否得到原諒？

當時志史表示，要以計畫成敗來決定。

四起殺人已經完成，悠紀認爲判決已下。

然而泰美斯的天秤依舊搖擺不定。

「理都……」

志史睜著濕漉漉的睫毛，眼睛一眨不眨地盯著手術室門口。

（完）

E FICTION 49／微風行過我們的髮絲

原著書名／風よ僕らの前髪を
作　　者／彌生小夜子
原出版者／東京創元社
翻　　譯／鍾雨璇
責任編輯／詹凱婷
行銷業務／徐慧芬、陳紫晴
編輯總監／劉麗真
總 經 理／陳逸瑛
榮譽社長／詹宏志
發 行 人／涂玉雲
出 版 社／獨步文化
城邦文化事業股份有限公司
104台北市中山區民生東路二段141號5樓
電話：(02) 2500-7696　傳真：(02) 2500-1967
發　　行／英屬蓋曼群島商家庭傳媒股份有限公司
城邦分公司
104 台北市中山區民生東路二段141號2樓
網址／www.cite.com.tw
讀者服務專線／(02) 2500-7718；2500-7719
服務時間／週一至週五：09：30～12：00　13：30～17：00
24小時傳真服務／(02) 2500-1900；2500-1991
讀者服務信箱E-mail／service@readingclub.com.tw
劃撥帳號／19863813
戶名／書虫股份有限公司
香港發行所／城邦（香港）出版集團有限公司
香港灣仔駱克道193號東超商業中心1樓
電話／(852) 2508-6231　傳真／(852) 2578-9337
E-mail／hkcite@biznetvigator.com
馬新發行所／城邦（馬新）出版集團
Cite (M) Sdn Bhd
41, Jalan Radin Anum, Bandar Baru Sri Petaling,
57000 Kuala Lumpur, Malaysia.
Tel: (603) 90578822
Fax:(603) 90576622
email:cite@cite.com.my
封面設計／高偉哲
插　　畫／CLEA
排　　版／游淑萍
印　　刷／中原造像股份有限公司
●2022年（民111）7月初版
售價360元

 ISBN 9786267073667（平裝）
ISBN 9786267073704（EPUB）

國家圖書館出版品預行編目資料

微風行過我們的髮絲／彌生小夜子著；鍾雨璇譯. –初版. – 台北市：獨步文化，城邦文化事業股份有限公司出版：英屬蓋曼群島商家庭股份有限公司傳媒城邦分公司發行，民111.07
面；公分. --（E fiction；49）
譯自：風よ僕らの前髪を
ISBN 9786267073667（平裝）
ISBN 9786267073704（EPUB）

861.57　　111000493

廣	告	回	函
北區郵政管理登記證			
台北廣字第000791號			
郵資已付，免貼郵票			

104台北市民生東路二段 141 號 2 樓

英屬蓋曼群島商家庭傳媒股份有限公司

城邦分公司

請沿虛線對摺，謝謝！

書號：1UR049 **書名**：微風行過我們的髮絲 **編碼**：

請於此處用膠水黏貼

獨步文化 APEXPRESS

讀者回函卡

謝謝您購買我們出版的書籍！

請費心填寫此回函卡，我們將不定期寄上城邦集團最新的出版訊息。

姓名：______________________　　性別：□男　□女

生日：西元________年________月________日

地址：____

聯絡電話：__________________　傳真：______________

E-mail：____

學歷：□1.小學　□2.國中　□3.高中　□4.大專　□5.研究所以上

職業：□1.學生　□2.軍公教　□3.服務　□4.金融　□5.製造　□6.資訊

□7.傳播　□8.自由業　□9.農漁牧　□10.家管　□11.退休

□12.其他 ____________________________________

您從何種方式得知本書消息？

□1.書店　□2.網路　□3.報紙　□4.雜誌　□5.廣播　□6.電視

□7.親友推薦　□8.其他 __________________________

您通常以何種方式購書？

□1.書店　□2.網路　□3.傳真訂購　□4.郵局劃撥　□5.其他

您喜歡閱讀哪些類別的書籍？

□1.財經商業　□2.自然科學　□3.歷史　□4.法律　□5.文學

□6.休閒旅遊　□7.小說　□8.人物傳記　□9.生活、勵志　□10.其他

對我們的建議：____________________________________

____

____

為提供訂購、行銷、客戶管理或其他合於營業登記項目或章程所定業務需要之目的，家庭傳媒集團（即英屬蓋曼群島商家庭傳媒股份有限公司城邦分公司、城邦文化事業股份有限公司、書虫股份有限公司、墨刻出版股份有限公司、城邦原創股份有限公司），於本集團之營運期間及地區內，將以mail、傳真、電話、簡訊、郵寄或其他公告方式利用您提供之資料（資料類別：C001、C002、C003、C011等）。利用對象除本集團外，亦可能包括相關服務的協力機構。如您有依個資法第三條或其他需服務之處，得洽詢本公司服務信箱cite_apexpress@cite.com.tw請求協助。相關資料不提供亦不影響您的權益。

□我已詳讀權利義務之相關條款，並同意遵守。

請於此處用膠水黏貼